DIE JUNGFRAU UND DER VAMPIR

RENEE ROSE

LEE SAVINO

Übersetzt von
STEPHANIE KOTZ

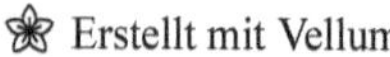 Erstellt mit Vellum

KAPITEL 1

 *wen*

CLUB TOXIC. Der angesagteste Club in der Stadt. Eine Schlange windet sich von der Tür fast den halben Häuserblock entlang zu der Stelle, wo ich gerade mein Auto parke.

Das ist es. Jetzt oder nie. Ich wollte schon immer hierherkommen und habe endlich den Mut aufgebracht – nichts Geringeres zu tun, als allein herzukommen. Ich ziehe den Rückspiegel nach unten und frische meinen Lippenstift zum letzten Mal auf. Meine Hand zittert und ich schmiere MAC Ruby Woo meine Wange hoch. Wirklich klasse. Ich sehe wie ein Mädel aus einem Slasher-Film aus – das süße jungfräuliche Mädchen, das in der Mitte des Films auf schreckliche Weise stirbt.

Ich versuche, den roten Strich mit den Fingern von meiner Wange zu rubbeln. Spitze. Jetzt sehe ich aus wie die kleine Schwester des Jokers.

Zehn Minuten und eine Packung Feuchttücher später habe ich den roten Fleck entfernt und mein Gesicht wieder in Ordnung gebracht. Ich schwanke hin und her, als meine Absätze den Asphalt berühren, aber das ist okay, weil ich auf meinen gelben Käfer falle. Mein Kleid bleibt zwischen Tür und Rahmen hängen, als sie zuschlägt. *Nein!*

Nach einer Sekunde ziehen und zerren, reiße ich die Tür wieder auf, befreie mein Kleid und taumle zurück auf den Gehweg.

Erfolg! Meine Damen und Herren, Gwen Hernandez hat ihr Auto verlassen.

Der Applaus bleibt eindeutig aus, als ich zu dem Club eiere. Das ist okay. Es ist ein neuer Abend, ich bin ein neues Ich und ich gehe endlich zum Club Toxic. Nicht unbedingt ein Lebenstraum, aber es ist etwas, das ich tun wollte, seit sie aufmachten, und ich muss schließlich mit irgendetwas anfangen.

Ich stehe erst mickrige fünfzehn Minuten – lang genug, um meine Schuhwahl zu bereuen – in der Schlange, als mich der Türsteher nach vorne an den Anfang der Schlange winkt.

„Ich?", versichere ich mich, eine Hand auf dem Herzen, als sei ich eine Miss Amerika Teilnehmerin.

Seine Wange zuckt. Ich hüpfe zu ihm und ignoriere das Murren und die finsteren Blicke von allen anderen. Ich reiche ihm meinen Ausweis. Er mustert ihn extra lange, so lange, dass ich nervös werde.

„Stimmt etwas nicht?"

Er gibt mir meinen Ausweis zurück. „Weiß?", fragt er und ruckt mit dem Kinn zu meinem Kleid.

„Was ist damit?" Ich zupfe an einer Rockfalte hinter meinem Bein in der Hoffnung, den Dreckfleck zu verbergen, den meine Autotür auf dem Stoff hinterlassen hat.

„Interessante Wahl."

Er hat recht. Alle anderen tragen schwarz. Männer in Anzügen, Frauen in Kleidern im Bondage-Look.

Ich zucke mit den Achseln. „Ich steche wohl ein bisschen heraus."

„Das tust du auf jeden Fall." Er krümmt einen Finger und ich beuge mich näher. „Eintrittskarte?"

„Eintrittskarte?" Oh nein! Ich wusste nicht, dass ich eine Eintrittskarte brauche!

Der Türsteher sieht meine Panik und hat Erbarmen mit mir. „Ich mache nur Witze, Süße. Du bist drin."

Yay!

Ich laufe nach drinnen, wo ich innehalte, damit sich meine Augen an das düstere Innere des Clubs gewöhnen können. Mir wird bewusst, dass ich die Stelle an meinem linken Ringfinger massiere, wo früher mein Verlobungsring steckte. Ich lasse meine Hände sinken und marschiere zur Bar.

Neues Ich. Neuanfang. Ich bin ein durchtriebenes Biest auf der Jagd. *Rawr.*

Oder so etwas.

Ich beiße auf meine Lippe, lehne mich an die Bar und versuche gerade, mir zu überlegen, was ich gerne trinken würde, als ich es höre.

„Gwen? Bist du das?"

Jemand berührt meine Schulter und ich drehe mich um, um dem letzten Mann, den ich heute Abend sehen will, ins Gesicht zu blicken. Meinem Ex-Verlobten.

„Chad", keuche ich seinen Namen, als wäre ich begeistert, ihn zu sehen. Was ich nicht bin. Aber nach lebenslanger Übung, kann ich mein braves Mädchen nicht einfach abschalten.

Glaub mir, ich habe es versucht.

Er schaut mich finster an. „Gwen. Was machst du hier?"

Männer haben keine Probleme damit, ihre Meinung zu sagen. Was ist das nur? Warum ist es einem Geschlecht erlaubt, echt zu sein, während ich mich die ganze Zeit liebenswürdig verhalten muss?

„Ich wollte ausgehen." Ich realisiere, dass ich meine Hände vor mir verschränkt habe wie eine Sängerin der *von Trapp Familie*, die gleich das Lied *Edelweiß* schmettern wird, und zwinge meine Arme an meine Seiten. „Es ist ein freies Land."

„Aber hier?" Er beäugt mein weißes Kleid.

„Ich wollte schon immer hierherkommen. Du weißt das. Ich habe ständig versucht, dich dazu zu überreden, mit mir hierherzugehen."

Chad fährt sich mit einer Hand durch seine blonden Haare, woraufhin sie zerzaust sein sollten, doch stattdessen fallen sie wieder perfekt in seine Stirn. Er sieht so gut aus wie eh und je. Unsere Eltern waren so glücklich, als er mir den Antrag machte. Wir waren schon in der Highschool und auf dem College ein Paar. Es war uns schon immer bestimmt, zusammen zu sein.

Bis er Schluss machte.

„Ich wusste nicht, dass du hier sein würdest", beginnt er.

„Es ist kein Problem", unterbreche ich ihn. „Der Laden ist groß genug für uns beide." Ich beiße auf meine Lippe, damit ich nicht noch mehr sage. Ich habe ihn nicht gesehen, seit er unsere Verlobung vor zwei Monaten gelöst hat. Ich habe noch immer Fragen. *Warum, Chad, warum?*

Er seufzt, als hätte er mich die Frage laut aussprechen gehört. „Schau mal, Gwen, ich –"

Aber er beendet seinen Satz nicht, weil sich ein hochgewachsener junger Mann mit mitternachtsdunkler Haut und perfekten Modelgesichtszügen neben ihn stellt.

Der umwerfende Typ legt seinen Arm nicht nur um Chad.

Er schiebt seinen Arm über Chads Brust und zieht meinen Ex-Verlobten nach hinten an seinen Körper. „Wer ist das?", säuselt der Neuankömmling Chad ins Ohr. Die zwei Männer wechseln ein Lächeln und schauen anschließend beide zu mir.

Da ist ein Rauschen und dann verstummen alle Geräusche. Der Club fällt weg. Da sind nur noch ich, Chad und Chads neuer Lover.

„Das ist Gwen. Ich habe dir von ihr erzählt", erwidert Chad. Ich kann ihn über das Klingeln in meinen Ohren kaum hören.

„Oh." Die Stimme des hübschen Mannes wird sanft und mitleidig.

„Ihr zwei seid zusammen?", platzt es aus mir heraus und ich zucke sofort zusammen. Sie umarmen sich, stehen Wange an Wange da. Es ist klar wie Kloßbrühe.

„Ja", antwortet Chad. Seine Stimme ist auch sanft.

Ich könnte viele, viele Dinge sagen. Chad und ich waren nicht nur seit der Highschool ein Paar. Wir waren beste Freunde. Oder zumindest dachte ich das.

Wie hatte ich das Offensichtliche übersehen können? All die Puzzleteile ordnen sich neu an und rasten ein. Warum er bis zur Ehe damit warten wollte, Sex zu haben. Warum er nie hart wurde, wenn wir miteinander rummachten. Warum er nicht mit mir in den Club Toxic gehen wollte.

„Ist das eine neue Entwicklung?" *Bitte sag Ja. Bitte sag, dass du es nicht wusstest, dass die Jahre, die wir gemeinsam verbracht haben, nicht verschwendet waren.*

Bitte sag mir, dass ich keine Alibi-Freundin war.

Chad schließt die Augen und ich höre die Antwort, bevor er sie sagt. „Nein."

„Warum hast du es mir nicht erzählt?"

Chad schüttelt den Kopf. Er öffnet den Mund und ich hebe eine Hand, um ihm das Wort abzuschneiden. „Weißt du was? Spar es dir. Ich hoffe, ihr zwei seid glücklich zusammen. Wirklich." Und ich wirble herum und laufe weg, bevor er die Tränen sieht.

~

DIMITRI

CLUB TOXIC. Im Besitz eines meiner ältesten Freunde, Lucius Fangelico, eines römischen Vampirs. Der angesagteste Club in seiner Stadt. Er ist das perfekte Jagdgebiet für einen Vampir.

Ich liebe diesen Laden. Das obere Stockwerk ist für die Öffentlichkeit geöffnet und es wimmelt nur so vor Menschen. Man suche sich seinen bevorzugten Jahrgang aus der Herde sexy kleiner Dinger aus, die auf der Tanzfläche die Hüften schwingen, und führe sie nach unten für ein kurzes Trinken und Turteln in einer dunklen Ecke. Oder eine Session mit der Peitsche und einen Fick, falls es das ist, was man mag.

Ich sitze an einem Tisch in einer dunklen Nische und nippe an meinem Bourbon, während ich darauf warte, dass mir ein Opfer ins Auge fällt. Ich wähle jede Nacht eine andere Dame aus. Wird es die dunkeläugige Sexbombe mit den gefärbten platinblonden Locken und der echten Bräune sein? Oder die blauäugige Brünette mit unechter Bräune und noch unechteren Titten?

Entscheidungen, Entscheidungen.

Wenn es um hübsche Frauen geht, bin ich nicht wählerisch. Ich habe nur wenige Regeln: Keine Jungfrauen. Keine Unschuldigen. Keine zweiten Dates. Ich will eine Frau, die weiß, was sie will; die mir erlauben wird, es ihr so richtig zu besorgen. Und am Ende der Nacht gehen wir getrennter

Wege, ohne weitere Verpflichtungen. Gegenseitiges Vergnügen ohne das emotionale Theater. Genießen und es beenden, dann das Gleiche mit einer anderen wiederholen, Nacht um Nacht um Nacht.

Dann sehe ich sie. Die Frau, der es bestimmt ist, mit mir zusammen zu sein – zumindest heute Nacht.

Sie ist eine Vision in Weiß. Ich habe noch nie jemanden komplett weiße Kleidung in einem Club tragen sehen und das ist eine verdammte Schande. Sie leuchtet im Dunkeln. Es hilft, dass sie für eine Frau groß ist – größer als die meisten Männer und alle Frauen in ihren Stilettos. Sie stakst so unbeholfen wie ein neugeborenes Fohlen über die Tanzfläche. Das ist in Ordnung. Ich brauche es nicht, dass sie elegant ist. Ich werde sie sicher auf ihrem Rücken halten, die Beine in der Luft, die High Heels neben meinen Ohren.

Wenn es nach mir geht, wird sie noch vor Mitternacht mein sein.

Meine Beute lehnt an der Bar und sieht von all den Flaschen verwirrt aus. Sie ist niedlich, wirklich, mit ihren langen dunklen Haaren, die von einem weißen Haarband zusammengehalten werden.

Ich leere meinen Drink in Vorfreude auf die Jagd.

Dann berührt ein junger Mann sie an der Schulter. Ein rivalisierender Jäger, der zum entscheidenden Schlag ausholt.

Ich beobachte ihr Gespräch.

Nein, ich habe mich geirrt – er ist kein rivalisierender Jäger. Sie sind miteinander bekannt, aber es herrscht keine sexuelle Anziehung zwischen ihnen.

Ah. Ein Vampir schiebt sich von hinten an den jungen Mann und schlingt einen besitzergreifenden Arm um ihn. Meine liebreizende Vision in Weiß zuckt zurück, als wäre sie betrogen worden, und geht.

Interessant…

Ich stehe auf und folge ihr.

~

Gwen

ICH WEISS NICHT, wohin ich gehe. Ich stolpere über die Tanzfläche und krache beinahe in eine Gruppe Mädchen, die zu einem Techno-Remix von Lizzos *Good as Hell* tanzen. Ich wünschte, ich könnte meine Haare zurückwerfen, meine Nägel überprüfen und einfach mit meinem geilen Arsch aus der Tür gehen… aber ich bin zu erschüttert. Ich taumle blind durch den Club und lande in einem dunklen Gang, wo ich wie ein leerer Sack zusammensacke.

Gottverdammt Chad. Die Geräusche des Clubs umgeben mich, aber niemand kann mich sehen. Was gut ist, weil ich weine.

Ich wollte schon immer hierherkommen. Auch wenn sich Chad nicht daran erinnert, flehte ich ihn eintausend Mal an, mit mir ins Toxic zu gehen. Ich dachte, dass der Club, die Szene, die Energie etwas bei uns bewirken würden. Chad sagte mir, dass er mich liebte, aber ich wusste, *ich wusste*, dass irgendetwas fehlte.

Ich dachte, Chad und mir wäre es vorherbestimmt, zusammen zu sein. Ich dachte, ich könnte mich verändern und dass das unsere Beziehung kitten würde.

Dumme, dumme Gwen. „Er war schwul. Deswegen wollte er dich nicht." Und ich verschwendete Jahre meines Lebens. Schlimmer, ich gab mir selbst die Schuld.

Nun, jetzt nicht mehr. Es war nicht meine Schuld. „Mit mir ist alles in Ordnung." Ich richte mich auf. Ich wollte schon immer in den Club Toxic gehen, also werde ich jetzt wieder dort rausgehen, meine Haare à la Lizzo zurückwerfen, die Tanzfläche stürmen und wie ein Rockstar Party machen.

Ich mache einen Schritt in Richtung Musik und eine Gestalt schält sich aus der Dunkelheit. Ich stolpere zurück und ein großer Fremder taucht aus den seidigen Schatten auf. Seine Hände packen meine Ellbogen und helfen mir, das Gleichgewicht zu wahren.

Ich schaue hoch und erstarre. Falls Luzifer jemals ein Gesicht erschaffen würde, um Unschuldige zu verführen, würde es haargenau wie dieses aussehen. Ein kantiger Kiefer, der mit Bartstoppeln bedeckt ist. Volle Lippen, die zur Sünde geformt sind. Er ist komplett schwarz gekleidet wie ein Attentäter, weswegen ich ihn zuerst nicht gesehen habe.

Er tritt näher, weit in meinen persönlichen Freiraum. Ich muss meinen Kopf nach hinten neigen, um ihm in die Augen schauen zu können. Ich sollte mich eingeschüchtert fühlen, aber ein irres Verlangen, mich an die Brust dieses Mannes zu schmiegen, überwältigt mich. Irgendetwas verrät mir, dass er mich beschützen würde.

Der Mann legt seinen Kopf zur Seite und die dunklen Augenbrauen senken sich zu einem Ausdruck der Sorge.

„Hast du dich verirrt, Babygirl?"

DIMITRI

SIE BLINZELT MIT GROSSEN, feuchten Augen zu mir hoch. Ich hörte sie mit sich selbst reden. Das kleine Lämmchen war in einen schwulen Mann verliebt. Ich wünschte, ich könnte sagen, dass ihre Tränen Mitleid in mir auslösen, aber sie machen mich nur hart. So würde sie auch nach einer guten Session mit dem Flogger aussehen.

Aber ich bin etwas zu voreilig. Schritt eins: sicherstellen, dass es ihr gut geht. Schritt zwei: Einwilligung einholen und sie verführen. Schritt drei: sie um den Verstand vögeln.

Erster Schritt zuerst.

„Nein. Ich… brauchte nur einen Moment für mich." Sie ruckt ihren Kopf nach unten und wischt über ihre Augen. Die Bewegung sorgt dafür, dass sie leicht schwankt. Deshalb festige ich meinen Griff um ihre Ellbogen. Sie lehnt sich mir entgegen, scheinbar ohne es zu bemerken.

„Großartig", flucht sie. „Mein Makeup ist ruiniert. Schon wieder."

„Lass mich sehen." Ich umfange ihren Kiefer und hebe ihr Gesicht zu meinem. Sie wird ganz reglos und erlaubt mir, sie so zu bewegen, wie ich wünsche. Brave kleine Sub.

Ich lasse mir Zeit und mustere meinen tollpatschigen Engel. Sie hat wunderschöne Augen, eine helle Farbe, die ich in dem schwachen Licht nicht ausmachen kann. Sie sind an den Winkeln leicht schräg. Blasse Haut und lange dunkle Haare, die von diesem weißen Band zusammengehalten werden. Sie sieht wie eine Disney Prinzessin aus, falls Disney Prinzessinnen jemals Tränenspuren von verlaufenem Mascara auf ihren Wangen haben. Ich weiß so etwas nicht, denn ich schaue mir diese Filme nicht an.

„So." Ich streiche mit dem Daumen ihre schwarzen Tränen fort. „So gut wie neu."

„Dankeschön, Mr…"

„Nenn mich Dimitri. Und dank mir nicht. Es war mir eine Freude." Ich lasse meine Hände zu beiden Seiten ihres Gesichtes liegen. „Möchtest du, dass ich ihn umbringe?"

Sie blinzelt. „Was?"

„Den Mann, der dich zum Weinen gebracht hat. Soll ich ihn verschwinden lassen?"

„Ähm, nein." Sie lacht, als hätte ich einen Witz gemacht. „Das ist okay. Er ist mein Ex." Ihre Unterlippe zittert. „Wir haben vor ein paar Monaten Schluss gemacht."

„Sein Verlust", sage ich sanft und streiche mit meinem Daumen über ihre Unterlippe. Ihr Mund öffnet sich. So fickbar.

„Ja", stimmt sie in einem atemlosen Tonfall zu. Halb unter meinem Zauber stehend. Nicht, dass ich irgendeine Form von Zauber angewandt habe. Ich gebe ihr nur, was sie will. Wonach sie sich sehnt.

„Er ist deine Tränen nicht wert."

„Nein. Das ist er nicht." Sie reißt sich aus meinem Griff und wirft den Kopf zurück. „Ich bin nicht traurig."

„Nein?" Ich ziehe eine Augenbraue hoch.

„Das bin ich nicht", beharrt sie. „Ich bin sauer auf all die Jahre, die ich mit ihm verschwendet habe. Ich wusste, dass etwas nicht stimmte. Die Dinge waren nicht ganz richtig. Ich dachte, dass mit mir etwas nicht stimmen würde."

„Mit dir stimmt absolut alles. Du bist perfekt."

Sie schüttelt den Kopf. „Ich habe meine Jugend vergeudet."

Ihre süße Stimme ist so traurig, dass ich den Kopf abwenden muss. Es wäre unhöflich, ihr ins Gesicht zu lachen.

Aber sie lacht mit mir.

„Du bist noch immer sehr jung", informiere ich sie. Fast zu jung für ein Monster wie mich.

„Ich weiß." Sie rümpft die Nase. „Ich scherze nur. Mehr oder weniger."

„Also geht es dir gut?"

Ein entschlossenes Nicken. „Das tut es."

Schritt eins: erledigt. Auf zu Schritt zwei. „Und du gehst noch nicht?"

„Zum Teufel, nein." Ihr stures Kinn hebt sich wieder.

„Gut. Darf ich dir einen Drink kaufen?"

„Das würde mir gefallen. Ich bin übrigens Gwen."

„Es ist schön, dich kennenzulernen, Gwen. Wollen wir?" Ich dirigiere sie mit leichtem Druck in ihrem Rücken vorwärts. Ihre Haltung ist perfekt, obwohl sie in ihren Heels ein wenig strauchelt. „Vorsicht, Babygirl." Ich stabilisiere sie mit einem Arm um ihre Schultern. Sie passt wunderbar in den Halbkreis meines Armes. Es fühlt sich richtig an.

„Ich bin nicht daran gewöhnt, Heels zu tragen", erzählt sie mir. „Die sind neu."

Mit meiner Hilfe umrunden wir die Tanzfläche und schaffen es ohne einen Unfall zur Bar.

„Was möchtest du trinken?", erkundige ich mich.

„Ähm", sie beißt auf diese niedliche Weise auf ihre Lippe. „Ich weiß es, ehrlich gesagt, nicht. Etwas Fruchtiges?"

Niedlich.

„Ein Arizona Sunset für die Dame", teile ich dem Barkeeper mit. „Nur wenig Rum. Plus das Übliche für mich."

Als unsere Drinks serviert werden, strecke ich meinen für einen Toast aus.

„Ich bin Gwen."

„Dimitri."

„Ich wollte schon immer hierherkommen."

„Ich kenne diesen Club gut. Erlaube mir, heute Abend dein Führer zu sein. Ich verspreche, ich werde es zu einer denkwürdigen Nacht für dich machen." Ich hebe ihre Hand an meine Lippen und küsse ihre Fingerknöchel. Sie riecht nach Zucker, süß genug zum Anbeißen. Meine Eckzähne schärfen sich. „Wir werden trinken, wir werden tanzen, wir werden reden."

Sie kichert, der Laut blubbert wie kleine Champagner-
bläschen durch die Luft. „Das klingt gut."

Daraufhin ziehe ich sie näher und wispere in ihre seidige
Ohrmuschel. „Und dann, wenn alles gut läuft, werde ich dich
verführen."

KAPITEL 2

 *wen*

SEINE STIMME SCHWAPPT WIRKSAMER als Rum durch mich. Ich schwanke auf meinen Füßen und er hält mich näher an sich.

„Ist das in Ordnung für dich, kleine Gwen?"

Ich lege meinen Kopf auf die Seite. „Ich bin nicht so klein", brummle ich, um Zeit zu schinden.

„Für mich bist du das."

Der DJ ändert den Song zu einer neuen sexy Single und der Bass pulsiert durch mich. Ich stelle mich näher zu ihm. Und einfach so tanzen wir zusammen, als wäre es ganz natürlich.

„Solltest du mir erzählen, dass du mich verführen wirst? Solltest du es eigentlich nicht einfach tun?"

Er wölbt eine Braue. „Würdest du das vorziehen?"

Ich will gerade *zum Teufel ja* sagen, als ich Chad und

seinen neuen Lover entdecke, die mit zwei tätowierten Türstehern bei der Garderobe reden, bevor sie verschwinden.

Dimitri dreht sich, um meinem Blick zu folgen.

„Wohin gehen sie?", frage ich. „Gibt es dort unten eine Schwulenbar?"

Dimitri gluckst. „So unschuldig. So was in der Art."

„Kann jeder dort runtergehen?"

„Nein. Du musst eingeladen werden." Sein dunkler Blick lockt mich. „Möchtest du, dass ich dich einlade?"

Meine Hände spannen sich auf seinen Armen an. „Können wir?"

„Bist du dir sicher? Manche Dinge kann man nicht mehr vergessen, wenn man sie erst einmal gesehen hat."

„Ja. Ich will es sehen."

„Du wirst dicht bei mir bleiben müssen. Und tun, was ich sage."

„Okay."

„Das ist wichtig, Kleines. Du musst mir versprechen, dass du brav sein wirst." Sein Finger zeichnet meine Lippen nach. Sie sollte mich verstimmten, seine besitzergreifende Berührung, aber ich liebe es.

„Ich werde brav sein", wispere ich.

„Braves Mädchen. Komm." Seine Hand gleitet meinen Arm hinab und greift nach meiner. „Bleib dicht bei mir."

Wir haben bereits die Hälfte der Treppe nach unten hinter uns gebracht, als mir etwas einfällt.

„Dimitri?" Meine Stimme klingt ganz dünn. „Bist du schwul?"

„Nein." Er dreht sich zu mir und ich kann sogar in der Dunkelheit erkennen, dass er lächelt. „Das bin ich nicht. Das hier ist kein Schwulenclub."

„Was ist es dann?"

„Wart's nur ab."

Ich fühle mich wie Alice, die dem weißen Hasen folgt. Doch Dimitri ist kein Hase. Eher ein Dämon aus der Dunkelheit, der gekommen ist, um mich geradewegs in die Hölle zu führen.

Am Fußende der Treppe ist ein rotes Leuchten. Ich bleibe stehen. Dimitri stoppt mit mir und wartet höflich, bis ich meinen ganzen Mut zusammengenommen habe.

„Bereit?", fragt er und seine tiefe Stimme liebkost meine rohen Nerven.

„Ich bin bereit. Ich kann das."

„Braves Mädchen. Ich werde mich um dich kümmern." Sein Daumen reibt über meinen Handrücken und verspricht alle möglichen Dinge. *Ich werde mich um dich kümmern* – ziemlich doppeldeutig.

Ja, bitte.

Wir erreichen die unterste Stufe und treten in das rötliche Licht. Dieser Teil des Clubs sieht ganz anders aus als die Tanzfläche und Bar und Tische oben. Das Erste, das ich sehe, ist ein Mann in einem Anzug, der auf einem großen Ledersofa fläzt. Er streckt seine Hand aus und ein anderer junger Mann nähert sich ihm und fällt vor dem Mann auf dem Sofa auf die Knie. Der jüngere Mann ist *splitterfasernackt*. Mein Mund klappt auf.

Ihnen gegenüber sitzt ein anderes Paar, nippt an seinen Weingläsern und plaudert miteinander, als würde nichts Verrücktes vor sich gehen. Der Mann im Anzug lehnt sich zurück und zieht den nackten Mann zwischen seine Beine.

Ich keuche.

„Du starrst." Dimitri gluckst.

Ich realisiere, dass ich mich an ihn klammere, aber als ich einen Schritt nach hinten machen will, legt er einen Arm über mein Schlüsselbein und presst meinen Rücken an seine Vorderseite.

„Schau, so viel du willst. Das ist für sie vollkommen okay. Wenn sie nicht wollen würden, dass du zuschaust, wären sie nicht hier draußen im Freien. Es gibt hier einige Privatzimmer."

Ich schaue lange genug zu, um zu sehen, dass der nackte Mann, der auf dem Boden kniet, genau das tut, was ich vermutet habe, dass er tun würde, denn sein Kopf bewegt sich über dem Schoß des sitzenden Mannes auf und ab. Der Mann im Anzug lehnt sich nach hinten, die Augen geschlossen. „Oh. Oh Gott."

„Meine Güte." Dimitri lockert seinen Griff gerade so weit, dass er mich in die Kurve seines Arms ziehen und mein Gesicht sehen kann. „Ich glaube nicht, dass ich jemals so unschuldig war."

„Ich bin nicht so unschuldig, ich bin nur überrascht."

„Mmmh."

„Das bin ich", beharre ich. „Chad und ich haben alle möglichen Dinge getan."

„Habt ihr das?" Dimitri legt einen Finger an meine Wange und dreht mein Gesicht zu sich. Er mustert mich so lange, dass ich erröte und den Blick senke. Sein Glucksen veranlasst meinen Bauch dazu, einen Salto zu schlagen. „Meine süße Unschuldige, Lügen werden dir nur Strafen einhandeln."

Ich beiße auf meine Lippe, schockiert von dem schlagartigen Aufblitzen von Erregung, die mich durchströmt.

„Würde dir das gefallen? Oder willst du mehr sehen?"

„Ich will es sehen", sage ich, auch wenn ich neugierig auf diese Strafen bin. Ich will es sehen. Ich will eine Bestrafung erleben. Ich will alles.

Dimitri tourt mit mir durch die Hölle. Es gibt ein riesiges Holzkreuz in der Form eines X. Während wir zusehen, tänzelt eine Frau in rotem Leder dorthin, wobei sie zwei kurvige Subs an einer Leine führt. Ich reiße meine Augen von ihnen los und schaue zu einem Tisch, an den eine nackte Rothaarige gefesselt ist und von zwei Männern stimuliert wird. Einer schlägt mit einem Flogger auf ihre Pussy. Der andere tropft rotes Wachs auf ihre Brüste. Während wir zusehen, lässt der Mann den kleinen Flogger fallen und kniet sich hin. Der Tisch hat die perfekte Höhe für seinen Mund, damit er ihr Geschlecht erreichen kann.

„Master, bitte", heult sie. Der Mann an ihrer Pussy hört nicht auf, sie zu lecken. Der Mann mit dem Wachs hält inne, um mit einer besitzergreifenden Hand über ihren Busen zu streicheln. „Noch nicht, Mäuschen. Nicht, bis ich es sage."

Ein Schauder durchläuft mich. Ich schmiege mich an Dimitri und er hält mich eng an sich.

„Genug gesehen, kleine Gwen?" Dimitris Arm ist wie ein Stahlband, das um meine Taille festgezogen wird.

Nein. Ich will mehr. Die Schreie der Rothaarigen erreichen meine Ohren und ich spähe wieder zu der Szene. Der Mann zwischen ihren Beinen steht jetzt und vögelt sie langsam. Ihr Kopf dreht sich zur Seite und ihr Mund öffnet sich, um den Penis ihres Masters aufzunehmen.

Verlangen rast durch mich und meine Knie geben nach. Dimitri reagiert, als hätte er darauf gewartet. Er schwingt mich in seine Arme und läuft mühelos mit großen Schritten los. Als ich ihm wieder zugewandt bin, sitzen wir in einem bequemen Sessel in einer ruhigeren Ecke neben der Bar. Über meinem Kopf wird etwas gemurmelt und kurz darauf bringt ein Kellner ihm eine ungeöffnete Wasserflasche.

„Trink das, Kleines", befiehlt er und ich gehorche.

„Was für ein Ort ist das?", frage ich, als ich wieder normal atmen kann.

„Es ist ein Club. Ein Ort für Perverse wie mich, wo wir unseren perversen Sehnsüchten nachgehen können." Sein Tonfall ist spöttisch.

„Ich finde es wundervoll." Ich hebe meinen Kopf. Ich sitze auf seinem Schoß, als wäre es das Natürlichste auf der Welt. Vielleicht ist es das auch. Es fühlt sich jedenfalls richtig an. Zu unserer Linken sitzt das Pärchen etwas näher beisammen, ihre Weingläser sind leer und wurden zur Seite gestellt. Der Mann im Anzug und sein nackter Sub sind fort. „Ich will das tun."

„Alles davon?"

„J-ja." Aber es liegt ein Zittern in meiner Stimme.

„Meine süße Unschuldige. Diese Welt zu erkunden, kann ein Leben dauern."

„Wirklich?"

„Wirklich. *Es gibt mehr Ding' im Himmel und auf Erden, Horatio*. Ich kann dir eine Kostprobe geben – ein Appetithäppchen, wenn man so will. Das heißt, wenn du heute Nacht anfangen willst."

Ich nicke so eifrig, dass er lacht. „In Ordnung, mein Schatz. Versprich mir, dass du mir Bescheid gibst, wenn du aufhören willst."

Er studiert mich einen Augenblick, dann richtet er sich auf und seine Gesichtszüge werden hart. „Steh auf, Gwen. Näher. Ja." Er positioniert mich vor sich. Es fühlt sich komisch an, so vor jemandem stramm zu stehen, aber als seine Augen über mein Gesicht, meinen Hals, meine Brüste und Hüften wandern, fühle ich seinen Blick wie eine Berührung. Meine Zehen krümmen sich in meinen unbequemen Schuhen.

„Dreh dich um", befiehlt er. Ich wende mich von ihm ab. Seine Hand berührt die Rückseite meines Schenkels – unter meinem Kleid – und ich springe fast nach vorne, kann die Bewegung aber im letzten Moment stoppen. Er streichelt meine nackte Haut, hoch und runter, hoch und runter, wobei seine Hand in meiner Kniekehle verharrt.

Wer hätte gedacht, dass mein Knie so empfindsam sein könnte?

Er lässt los und streicht mein Kleid über meinem Po glatt.

„Du bist ein braves Mädchen, Gwen", lobt er. „Du machst das prima."

„Dankeschön", flüstere ich.

Eine Pause. „Nenn mich Sir."

„Sir. Ich glaube –" Ich stoppe und beiße auf meine Lippe.

„Ja?"

„Ich glaube, ich war zu lange brav. Ich glaube, heute Nacht will ich böse sein."

Seine Hand gleitet über meinen Hintern, als würde er mich streicheln. „Meine liebe Gwen, das ist Musik in meinen Ohren. Jetzt, sei still. Kein Reden mehr, außer du musst mir sagen, dass ich aufhören soll."

Und er zieht mich über seinen Schoß.

DIMITRI

GWEN FOLGT meiner Führung perfekt und balanciert über meinen Knien. Ihr Kopf hängt nach unten, ihre dunklen Haare entwischen dem Band, das sie zusammengehalten hat, und streichen über den Boden. Ich ziehe die Schleife heraus und stecke das Band in meine Tasche, während ich das Buffet der Sinnlichkeiten vor mir betrachte. Ihre langen Beine strecken sich und ihr Kleid rutscht nach oben, wodurch ihre Schenkel wunderbar nackt zurückbleiben. Das ist die Stelle, auf der ich meine Hand ablege.

„Du willst heute Abend böse sein." Ich streichle sie sanft und genieße die leichten Beben, die sie durchlaufen.

„Ja, Sir."

„Wenn du böse sein willst, musst du aber auch die Konsequenzen tragen", sage ich mit vorgetäuschtem Ernst. „Brave Mädchen, die böse sind, müssen bestraft werden."

Ein Aufblitzen von Erregung in ihrem Geruch. Perfekt.

Überall um uns herum gehen Paare und Triaden ihren eigenen kinky Handlungen nach. Der Geruch von Sex und Lust hängt schwer in der Luft. Aber wir befinden uns in unserer eigenen kleinen Blase, nur wir beide, verschlungen in einem perfekten Tanz von Dominanz und Submission.

Ich lasse meine Hand über ihrem Kleid auf ihren Hintern klatschen. Einige kurze Schläge, um sie aufzuwärmen. Dann ziehe ich ihr Kleid nach oben und zische bei dem Anblick. Sie trägt einen Stringtanga. Natürlich weiß. Der dünne String verschwindet zwischen ihren Pobacken, wodurch die prallen Kugeln entblößt sind. Ich erkunde sie gründlich. Mein Schwanz ist unfassbar hart.

Sie spannt ihre Pobacken an, sich sehr bewusst, was ich sehe. Der Zwickel ihres Tangas ist jetzt durchsichtig von ihren Säften.

„Du ungezogenes, unartiges Mädchen", säusle ich. Meine Hand klatscht auf ihre rechte Pobacke und das so fest, dass sie einen rosa Abdruck hinterlässt. Gwen gibt ein leises, seufzendes Geräusch von sich. Ich schlage auf ihre linke Backe. Ich will schließlich niemanden benachteiligen.

Ich beschleunige das Tempo und verpasse ihrem Hintern mehrere Hiebe, wobei ich der linken und rechten Pobacke gleich viel Aufmerksamkeit widme. Ihre Sitzhöcker verdunkeln sich zu einem intensiven Rosa und ich wechsle mein Vorgehen, indem ich meine Hand nun auf den unteren Teil ihrer Pobacken fallen lasse und mich daran erfreue, wie sie wackeln. Ich schlage einen Trommelwirbel auf vier Quadranten ihres Hinterteils – oben rechts, oben links, unten rechts, unten links. Überall, sogar meine Atmung verfällt in den Rhythmus. Ich betrete diesen seltenen Ort des Domspace, wo ich mir jeder Bewegung von Gwen bewusst bin, jedem Beben, jedem zitternden Atemzug und Muskelzucken.

Ich stoppe, als die Leinwand ihrer Haut in einem schönen Hellrosa gefärbt ist. Die Handabdrücke zeichnen sich so hübsch auf ihr ab. Ich streiche mit meiner Hand über ihren glühenden Hintern und genieße die Hitze.

„Gefällt dir das?" Ich finde den String zwischen ihren Pobacken und zupfe leicht daran. Gwen wimmert. Das ist Musik in meinen Ohren. „Du unartiges Ding, genießt du dein Spanking?"

„Ja…", trällert sie. Ich schlage ihren Hintern fester, ein scharfer, brennender Schauer an Hieben. Sie windet sich auf meinem Schoß und massiert meinen Schwanz. Funken zerbersten hinter meinen Augen.

„Bleib still liegen", befehle ich und sie gehorcht. „Jetzt, ich habe dir eine Frage gestellt. Genießt du dein Spanking? Antworte richtig."

„Ja, Sir." Sie klingt angemessen demütig und zerknirscht. Ich streiche mit einem Finger über den Zwickel. Sie ist klatschnass.

„Das merke ich." Ich gluckse. „Mein süßes Kätzchen." Ich füge einen zweiten Finger hinzu, streichle sie zwischen ihren Schamlippen und reize die feuchten Falten. Nach einer Weile kann sie nicht mehr still bleiben. Ich schnalze mit der Zunge und bestrafe sie dafür, dass sie nicht gehorcht hat. Ich versohle ihr den Hintern und die Oberseite ihrer Beine, wobei ich nach einer Minute eine Pause mache, um nach ihrer tropfnassen Spalte zu sehen.

„Lass es uns noch einmal versuchen." Ich gleite mit zwei Fingern ihre Schamlippe hoch und runter. Ich kann spüren, wie sie den Atem anhält. „Du machst das so gut. Aber du musst stillhalten", erkläre ich geduldig. Meine Fingerspitze findet ihre Klit und umkreist sie. Ihr Po verkrampft sich.

„Nein, nein, nein." Ich gehe wieder dazu über, ihren Hintern so heftig zu versohlen, dass er wackelt. Ich drücke ihre Pobacken grob. Die rosa Farbe verdunkelt sich hübsch. Als ich sie zwischen ihren Beinen berühre, stöhnt sie und erschlafft auf meinem Schoß.

Spanking, dann Pause und erneutes Anschüren der Erregung der Sub. Runde um Runde. Ich könnte das die ganze Nacht lang tun.

Ich tippe mit einem Finger an ihren Slip genau an die Stelle, wo er sich über ihrer Klit spannt, dann passiert es. Gwen verspannt sich, ihre Innenschenkel beben. Ein leises Stöhnen entweicht ihr. Ich streichle die Seite ihrer Klit mit leichten, verführerischen Bewegungen. Ich stelle mir vor, wie sich ihr Orgasmus ausbreitet und sengend heiße Lust sämtliche Gedanken aus ihrem Kopf fegt. Ihre Gliedmaße zucken, ihre Muskeln flattern. Wie köstlich es doch wäre, bis zu den Eiern in ihr zu sein. Ihre Pussy würde sich um meinen Schwanz zusammenziehen, während sie kommt.

Schritt zwei: Einwilligung einholen und sie verführen. Dann kommt Schritt drei.

„Braves, braves Mädchen", lobe ich. Ich massiere ihren Hintern und streiche ihr Kleid wieder nach unten. Nach einer Minute hebe ich sie in meine Arme und neige sie nach oben, sodass sie auf meinem Schoß sitzt, wobei ich sie vorsichtig stütze. Ihr Gesicht ist gerötet, weil es nach unten hing, aber ihre Brust ist auch rot.

„Hast du deinen Orgasmus genossen, Kätzchen?"

Sie nickt. Ihr Gesicht ist rot und ihre Augen weit aufgerissen. Mit ihren langen Haaren, die zerzaust um ihr Gesicht fallen, sieht sie aus wie eine Disney Prinzessin, die aus dem Schlaf aufgewacht ist – mit einem Orgasmus. Ich hebe meine

Hand an meinen Mund und lecke ihre Essenz von meinen Fingern. Ich mache das langsam, um ihr Zeit zu geben, zu bemerken und zu verstehen, was ich gerade tue. Sie läuft noch dunkler an und blickt zu Boden. So niedlich.

„Hat dir deine erste Kostprobe Kink gefallen?"

„Ja, Sir."

Ich streiche ihr die zerzausten Haare aus dem Gesicht. „Du hast das so gut gemacht. Du warst wundervoll."

„Dankeschön." Aber sie sieht aufgewühlt aus. Ihre Hand flattert an ihre Brust. Sie beißt auf ihre Lippe, wodurch sie so jung und schmerzhaft verletzlich aussieht.

„Was ist los, Gwen?"

„Ich wusste nicht, dass es so sein kann."

Ich beuge mich näher zu ihr. Ich denke, ich weiß, was hier vor sich geht. „Hat Chad jemals –"

„Nie", antwortet sie, bevor ich die Frage beenden kann. „Wir haben nie so rumgemacht."

Alarmglocken läuten in meinem Hinterkopf. „Was genau haben du und Chad getan?"

Eine lange Minute antwortet sie nicht. Als sie es tut, murmelt sie: „Wir haben uns viel geküsst. Dann wurde ich normalerweise erregt und er trat den Rückzug an."

„Oh, Kätzchen." Ich streichle ihren Rücken und verfluche mich innerlich. Sie ist vollkommen unerfahren. Normalerweise jemand, dem ich aus dem Weg gehen würde. Ich sollte sie so schnell wie möglich loswerden. Und dennoch… bin ich noch immer von ihr fasziniert. Die Unschuld ist Teil des Reizes. Die Lieblichkeit.

Ihre großen Augen begegnen meinen. „Ich dachte… ich dachte, dass mit mir etwas nicht stimmen würde. Ich kann nicht fassen, dass ich nicht… ich meine Jugend völlig verschwendet habe." Sie sagt den letzten Teil verdrießlich mit ein wenig Selbstironie.

Ich kann mir das Grinsen nicht verkneifen. „Du hast nichts verschwendet. Du bist noch so jung." Ich streichle ihren Arm.

Sie fängt meine Hand ein, drückt sie und verschränkt unsere Finger ineinander. „Dimitri – das war wundervoll."

„Ich bin froh, dass du es genossen hast." Sie ist so verletzlich und ich sollte mich von ihr fernhalten, aber da ist irgendetwas an ihr – ich fühle mich lebendig. Und so habe ich mich seit langer, langer Zeit nicht gefühlt.

Ihre schwarzen Wimpern flattern und sie hebt ihre unglaublichen Augen zu meinen. „Ich will mehr."

Und sie beugt sich nach vorne und küsst mich.

Es ist der keuscheste Kuss aller Zeiten. Nur eine leichte Berührung unserer Lippen. Aber er schickt ein tosendes Feuer durch meine Adern, das alles in seinem Weg verbrennt und zerstört.

Gwen

DIMITRIS LIPPEN SIND SO WEICH und perfekt, dass ich nicht anders kann, als an ihnen zu seufzen. Meine Zunge schnellt hervor, tanzt über seinen Mund und leckt ihn leicht, darum bettelnd, dass er die Kontrolle verlieren möge. Seine Schultern versteifen sich und seine Hände packen meine Hüften. Er zieht mich zurück, zärtlich aber bestimmt.

„Das reicht, Kätzchen." Sein Gesicht ist meinem jetzt sehr nahe. Unser Atem vermischt sich. Seine Augen sind dunkler, als sie das zuvor waren.

„Willst du mich nicht?" Ich versuche flapsig zu klingen, aber meine Stimme erklingt schwach und traurig.

Seine Brauen ziehen sich zusammen. „Das ist es nicht. Ich will dich zu sehr."

Ich setze mich rittlings auf ihn und kreise mit den Hüften, reibe meine ungezogene Mädchenstelle über seine böse Jungenstelle. Ich fühle mich so wild und frei. Mit Chad war es nie so – aus offensichtlichen Gründen. Doch Dimitri hat mich in nur einer Stunde einer völlig neuen Welt vorgestellt. Süßer Schmerz und explosive Lust. Mein Hintern ist heiß und pocht im Takt mit meiner Pussy. Ich bin feuchter und erregter, als ich es jemals war.

„Gwen", stöhnt er.

„Bitte, Sir", flehe ich so liebenswürdig, wie ich kann. „Ich brauche das hier." Ich schiebe eine Hand zwischen uns. Meine Finger finden die harte Erhebung seines Penis. Mein Inneres schlägt einen Purzelbaum. Zögerlich umfange ich das Monster in seiner Hose.

Seine große Hand hebt sich und ballt sich in meinen Haaren. „Du bist ungezogen", haucht er an meinen Lippen. Aber er klingt nicht, als würde er es hassen.

„Ich bin ein böses Mädchen", informiere ich ihn. Ich wackle hin und her, bis mein Kleid nicht mehr zwischen uns feststeckt. Ich reibe meine Pussy direkt auf seiner dunklen Hose. Ich hinterlasse einen Fleck. Ich bin so unartig.

„Du bist böse. Und ich werde dir eine Lektion erteilen."

Jippie!

Er erhebt sich und irgendwie befinde ich mich daraufhin über seiner Schulter und er trägt mich wie ein Feuerwehrmann davon. Ich kreische und trete um mich, obwohl es keinen Ort gibt, an dem ich lieber wäre. Seine Hand landet auf meinem Hinterteil. Ich ziehe den Kopf ein und lasse meine Haare über mein Gesicht fallen. Ich weiß, dass mich jeder in dem Club gehört hat. Sie können alles sehen, das vor sich geht, aber wenn ich meine Augen schließe, kann ich so tun, als wüsste ich das nicht.

Dimitri trägt mich nur wenige Schritte, bevor er anhält.

„Alles in Ordnung hier?", erkundigt sich eine tiefe Stimme.

Dimitri dreht sich so, dass ich näher bei demjenigen hänge, der die Frage gestellt hat. „Frag die Lady."

Mir steigt eine solche Hitze in die Wangen, dass es ein Wunder ist, dass sie nicht in Flammen aufgehen. „Alles gut, Sir", quieke ich. Ich öffne die Augen nicht.

„Sehr gut." Mr. Tiefe Stimme gluckst. Es gibt mir ein gutes Gefühl, dass jemand in dem Club nach mir sieht, obwohl ich mich so sehr schäme, dass ich am liebsten im Boden versinken würde.

Dimitri gluckst, während er mich durch den Club trägt. „Du lieferst allen hier eine ziemliche Show. Aber tu dir keinen Zwang an, wehr dich ruhig heftiger. Wenn du nur wild genug strampelst, werden sie unter dein Kleid schauen können."

Gott, ich schäme mich so sehr. Und ich bin fürchterlich angetörnt.

Als er mich runterlässt, sind wir in einer anderen Ecke des Clubs und näher bei dem riesigen X-Kreuz. Dimitri legt mich direkt auf den Boden und zieht mit sanftem, aber festem Griff in meinen Haaren an mir, sodass ich mich vor ihm auf die Knie erhebe.

„Schau nur, was du angestellt hast." Er deutet auf seinen Schritt. Sein Glied drängt sich gegen den Stoff. Mehr als das, dort ist ein glänzender Fleck auf dem dunklen Stoff – ein feuchter Beweis meiner Erregung. Ich will mein Gesicht mit den Händen verdecken.

Stattdessen lecke ich mir über die Lippen.

„Du ungezogenes Ding." Dimitri ruckt an meinen Haaren. „Ich sollte dich zwingen, es abzulecken."

Ich keuche vor Demütigung, aber ich bin so feucht.

Er grinst mich an. War ein Grinsen jemals so teuflisch und hübsch? „Vielleicht später. Ich glaube, ich will weitere Male auf deiner perfekten Haut sehen. Aber zuerst musst du nackt sein."

Ich schlucke. „In Ordnung."

Er mustert mein Gesicht und schätzt meine Zurückhaltung und Einwilligung ab.

„Arme hoch, Kleines." Ich gehorche und er zieht das Kleid über meinen Kopf. Ich verschränke automatisch die Arme vor meiner Brust. Ich bin so gut wie nackt in einem weißen Stringtanga und Bralette und auf den Knien vor einem großen, gut aussehenden Fremden. Ich weiß nicht, wer ich gerade bin oder zu was ich werde – aber ich liebe es.

Falls Dimitri nicht will, dass ich meine Brust verdecke, so sagt er nichts. Er faltet mein Kleid und legt es auf einen Stuhl. Dann beugt er sich nach unten und umfängt meine Wange, während er mir ins Ohr flüstert: „Du machst das so gut, Gwen."

„Dankeschön, Sir." Mir stockt der Atem. Ein Teil von mir will ihn *Master* nennen. Was passiert nur mit mir?

„Ich habe dir eine Kostprobe dieser Welt versprochen. Und ich werde sie dir geben. Du hast meine Handfläche gespürt. Aber ich frage mich, wie du wohl andere Geräte finden wirst?" Er deutet zu der Wand hinter uns. Er hält meine Haare nach wie vor fest und nutzt sie, um meinen Kopf zu drehen. Ich schaue und falle beinahe in Ohnmacht.

Die ganze Wand ist mit den verrücktesten Gerätschaften bedeckt. Holzstöcke in allen Stärken und Längen, verschieden-farbige Paddles – manche aus Holz, andere schwarz oder aus buntem Plastik oder Gummi, manche mit Löchern und manche ohne, eines, in das das Wort *Daddy* eingraviert ist. Lederflogger in Größen von klein zu groß, in schwarz und rot und lila. Reitgerten, Peitschen, Ketten und ein Paar riesiger pelziger Handschuhe, an deren Spitzen sich Metallkrallen befinden.

Der. Helle. Wahnsinn.

„Komm." Dimitri ruckt an meinen Haaren und zieht mich nach vorne. Ich mache Anstalten, aufzustehen, und er legt eine Hand zwischen meine Schulterblätter. „Nein, nein, meine Liebe. Zeit zum Krabbeln."

Ich beiße auf meine Lippe, aber erlaube ihm, mich auf Händen und Knien zu der Wand zu führen. Seine Beine, die in einer Anzughose stecken, führen den Weg an. Er benutzt meine Haare wie eine Leine. Meine Gedanken wirbeln wild durcheinander, während ich wie ein Tier hinter ihm krabble. Ich bin zu überwältigt, um zu wissen, was ich davon halten soll, aber eines ist sicher: ich bin so feucht.

Als wir die Wand erreichen, stoppt er und ich setze mich zurück auf meinen Po. Dimitri studiert mein Gesicht aufmerksam. Ich habe das Gefühl, dass er besser darauf eingestellt ist, was ich gerade fühle, als ich das bin.

„Damenwahl", sagt er. Ich starre zu der Wand. Von diesem Standpunkt aus wirkt die Wand weniger überwältigend. Oder vielleicht sinke ich auch nur in einen Geisteszustand, in dem mir egal ist, was mit mir passiert, solange Dimitri nur führt.

„Wähle eines aus", befiehlt er sanft.

Ich hebe mich auf die Knie und deute auf etwas, das wie eine Rolle eines schwarzen Lederseils aussieht.

„Eine Drachenschwanz-Peitsche. Oh, Schatz, das ist für Subs, die richtig heftige Schmerzen lieben." Aber er nimmt sie von der Wand zusammen mit einigen anderen Geräten.

„Komm, Kätzchen." Er läuft ohne einen Blick zurück

davon und erwartet von mir, dass ich ihm folge. Ich krabble hinter ihm her und warte, während er die Gerätschaften auf dem Tisch auslegt. Er bückt sich und legt eine Hand in meinen Nacken, womit er mich zu einer niedrigen Bank manövriert. Diese verfügt über eine gepolsterte Ablage für meine Knie und einen geneigten Teil, der meinen Oberkörper stützt. Dimitri führt mich darauf und darüber. Meine Haare fallen über meine Schultern, mein Kopf deutet zum Flur. Der Winkel sorgt dafür, dass mein Hintern hoch in die Luft ragt. Ein perfektes Ziel.

Einen Augenblick fährt Dimitri einfach nur mit seinen Fingern mein Rückgrat hoch und runter. Es ist eine beruhigende Bewegung, aber sie bringt trotzdem kleine Bläschen in meinem Bauch zum Platzen. Mein Gesäß kribbelt noch immer und ziept gelegentlich von meinem vorherigen Spanking.

Er lässt sich Zeit, sammelt meine Haare in seiner Faust und flechtet sie zu einem lockeren Zopf, den er über meine Schulter und aus dem Weg schiebt.

„Bist du bereit, Kätzchen?“, murmelt er und umfängt meinen Hintern.

Ich presse mich nach oben und diese leichte Bewegung drückt meinen pochenden Hintern in seine Handfläche. „Ja, Sir.“

„Braves Mädchen. So ein braves Mädchen.“ Gibt es irgendwelche schöneren Worte? „Ich werde dir eine kleine Tour geben. Oder sollte ich sagen, ich werde diesen Geräten eine Tour… von deinem Hintern geben.“ Etwas mit vielen weichen und kitzligen Strängen streicht über mein Rückgrat. „Flogger“, sagt er. Ein knallendes Geräusch erklingt und die Stränge schnalzen über meine Haut, hinterlassen ein Brennen. Ich verkrampfe mich und Dimitri legt seine große Hand auf meinen Rücken, sodass ich meine Muskeln entspanne. Er lässt den Flogger über meine Haut gleiten und erweckt meine Sinne. „Es gibt mehrere Einsatzmöglichkeiten für ihn. Hier ist mein Favorit." Und er streicht mit dem polierten Holzgriff zwischen meine Schamlippen und benutzt ihn, um über meine intimste Stelle zu reiben. Ich schreie auf. Er greift vor mich und steckt mir den Holzgriff zwischen die Zähne.

„Halt das."

Ich beiße zu. Der Geruch meines Geschlechts erblüht um mich. Meine Säfte tropfen von dem Griff direkt unter meiner Nase.

„Als Nächstes haben wir eine Reitgerte. Ich selbst war nie sonderlich angetan von Pferden. Nicht, bis ich hierherkam."

Meine Brauen ziehen sich zusammen. Es gibt Pferde in diesem Club?

„Nicht die Pferde, an die du denkst, Kätzchen. Aber eine Menge reiten." Wieder berührt er meine Schamlippen, dieses Mal mit dem kleinen Lederstückchen an der Spitze der Gerte. Er reibt damit fest genug über mich, um dafür zu sorgen, dass Lust durch mich strömt. Ich stöhne beinahe und lasse den Flogger fallen.

„Ah, ah." Er tätschelt meine Hüfte mit dem Ende der Gerte und dann schlägt er meine Kehrseite, wodurch er eine Feuerspur auf meiner rechten Pobacke zurücklässt. Er tätschelt eine Stelle auf meiner linken Pobacke, bevor er sie auf die gleiche Weise markiert. „Wenn du den Flogger fallen lässt, endet die Nacht."

Das ist die beste Drohung, die er hätte äußern können. Ich knirsche mit den Zähnen und beiße fest auf das Holz. Ich werde Zahnabdrücke auf diesem Teil hinterlassen. Wenn ich den Flogger zerstöre, werden sie mich zwingen, ein Bußgeld zu zahlen? Vielleicht wird mir der Club erlauben, dieses Spielzeug mit nach Hause zu nehmen, wenn ich dafür bezahlt habe. Dieser Flogger wird mir gehören.

Er schlägt die Unterseiten meiner Schenkel, einmal auf jede. Ich atme durch meine Nase und halte meinen Kiefer geschlossen.

„Braves Mädchen." Er gluckst jetzt und kreist um mich. Er hält die Gerte nicht mehr in der Hand. Seidiges Fell streicht über meine Pobacken und Schenkel. Dann folgen die metallenen Krallenspitzen und wirbeln über meine Haut. Verdammt. Ich rutsche auf der Bank hin und her.

Der Fellhandschuh wird ausgezogen und er zupft an meinem Tanga, sodass er zwischen meinen Pobacken nach oben gleitet.

„Und jetzt der Stock. Das wird wehtun, mein Kätzchen. Aber ich werde dir nur einen Hieb verpassen."

Ein langer Holzstock streicht über meinen Rücken. Dann kracht er auf meine Haut. Ich krümme mich mit einem Kreischen. Der Flogger fällt aus meinem Mund.

„Oh, nein. Du unartiges Mädchen. Schau nur, was du getan hast." Er hebt den Flogger vom Boden auf. Meine Zahnabdrücke sind in den Griff eingeprägt. „Ich werde dir das durchgehen lassen, wenn… du mir erlaubst, deine Brüste mit der Gerte zu bearbeiten."

Ich nicke.

Er packt meinen Zopf und zieht mich nach oben. Ich knie nach wie vor auf der gepolsterten Bank. „Verschränke deine Arme hinter deinem Rücken." Er muss mir helfen und bringt mich so in Position, dass meine Unterarme aneinander liegen und meine Hände den gegenüberliegenden Ellbogen greifen, sodass meine Arme ein halbes Quadrat formen. Die Position sorgt dafür, dass meine Brüste rausgestreckt werden. Ich trage noch immer das Bralette – aber nicht mehr lange. Er zerrt die hauchdünne Spitze nach unten, sodass der BH meine Brüste nach oben schiebt.

„Reizend." Er senkt seinen Kopf und leckt an meiner

linken Brustwarze. Oh, wow. Ich keuche und starre oben auf seinen dunklen Kopf. Er ist so sexy.

Er erhebt sich, küsst mich und leckt an meiner Lippe.

Dann zwirbelt er meinen linken Nippel. Ich wimmere.

Er zieht an meinen Haaren, damit ich knie und er mir grausam ins Ohr raunen kann: „Das nächste Mal, wenn du unartig bist, werde ich Klemmen an diesen Nippeln anbringen. Dann werde ich sie mit der Gerte traktieren – bis die Klemmen abfallen."

Meine Brust hebt und senkt sich schneller. Ich will schreien, dass es mir leidtut, dass ich sein Missfallen erregt habe. Ich will ihn anflehen, dass er mich jetzt so schlimm wie möglich bestraft. Ich will schreien *ja, bitte!*

„Heute Nacht werden wir es simpel halten." Er hat die Gerte wieder in der Hand und benutzt das Lederstück, um über meine Brüste zu reiben. „Einige Male auf diesen Schönheiten und wir sind quitt."

Ich nicke und biege meinen Rücken durch, um meine Brüste der Gerte entgegen zu drücken.

Er neigt mein Kinn mit der Spitze der Gerte nach oben. „Vergiss nicht, zu atmen."

Klatsch! Die Gerte knallt oben auf meinen Busen. Ich ziehe meine Lippen zwischen meine Zähne. Röte breitet sich auf meiner Haut aus. Er schlägt auf den anderen Busen, dann neckt er die Brustwarze. Oh nein.

Ich schreie, als die Gerte die Spitze erwischt. Ich drehe mich leicht und er lässt mich wieder eine gerade Position einnehmen, ehe er den anderen Nippel mit einem brennenden Schlag ziert.

Er lässt das Gerät fallen. „Braves Mädchen. So brav. Noch eine letzte Sache." Er zeigt mir die Peitsche, die ich ausgewählt habe. Ich weiche vor der schwarzen Rolle zurück, als wäre sie eine Schlange. „Nicht heute Nacht", sagt er.

„Vielleicht nächstes Mal. Etwas, worauf du dich freuen kannst."

Dem Himmel sei Dank.

Er hebt mich in seine Arme und nach oben, als wäre ich eine Braut. Automatisch klammere ich mich an ihn und umarme seinen Hals, während er mich zu einem Bereich der Wand trägt, der von einem Vorhang verhüllt wird. Hinter dem Samtvorhang befindet sich ein Privatzimmer, ein schwach beleuchteter Alkoven.

Er setzt sich hin, verschiebt mich auf seinem Schoß und hakt meine Beine über seine, sodass ich mit meinem Rücken an seiner Brust und weit gespreizten Beinen dasitze.

„Berühr dich selbst, Kätzchen. Zeig mir, wie du dich selbst befriedigst." Als ich zögere, nimmt er meine rechte Hand und führt sie zwischen meine Beine. „Zeig es mir."

Seine Hand verdeckt meine. Seine Beine spreizen sich und entblößen mich noch weiter. Im Vergleich zu ihm fühle ich mich so klein.

„Berührst du dich selbst?" Seine Stimme ist seidig. „Ist es schön?"

Ich nicke.

„Was sagst du, wenn ich dir nette Dinge gebe?"

„Dankeschön, Sir." Ich erkenne meine Stimme kaum wider. Sie ist hoch und atemlos, so sexy wie Marilyn Monroe.

„Braves Mädchen." Seine Hand drückt auf meine und ahmt meine Bewegungen nach. „Berührst du nur deine Klit? Keine Penetration?"

„Nein." Ich weiß nicht, welcher Teufel mich reitet, dass ich hinzufüge: „Ich bin Jungfrau."

Seine Finger erstarren.

Mein Herz gerät ins Stolpern. „Ist… ist das in Ordnung?"

„Oh ja, Kätzchen. Es ist mehr als in Ordnung." Seine Finger machen sich wieder daran, mich zu massieren und pressen meine fester auf mein Geschlecht. Unterdessen streichen seine Lippen über meine Schultern. „Süß", murmelt er, wobei er betrunken klingt. „So süß. Nur eine kleine Kostprobe."

Ich entspanne mich und meine Augen schließen sich flatternd, während der Orgasmus in mir anschwillt.

~

DIMITRI

SIE IST UNWIDERSTEHLICH, mein kleines Menschenhäppchen. Exquisit. Zu blöd, dass sie Jungfrau ist. Sie anzurühren, würde all meine Regeln brechen. Keine Jungfrauen. Keine Unschuldigen. Ich will eine Frau, die ich hart anpacken und zurücklassen kann. Es gibt viele Frauen, die das wollen, die sich danach sehnen. Die darum betteln werden.

Jemand wie Gwen könnte anhänglich werden. Selbst wenn ich ihr die Erinnerungen löschen würde, könnte sie emotional verletzt werden. Es gibt einen Grund dafür, dass ich nie zweimal mit der gleichen Frau spiele. Ich ziehe es vor, keine Herzen zu brechen.

Oder mir mein Herz brechen zu lassen. Ich verliebte mich einmal in eine Sterbliche.

Das werde ich nicht noch einmal tun.

Gwen ist süß und zerbrechlich. Unberührt. Beeinflussbar. Ich würde sie ruinieren. Ich sollte nicht ihr Erster sein. Aber ich bin so nah dran, in ihr zu sein. Ich will mehr.

Und was ist das Leben schon, wenn nicht ein Tanz am Rande eines Vulkankraters?

Meine Finger finden ihren Eingang und gleiten in sie. Ihre Muskeln spannen sich an und ziehen sich um meinen Finger zusammen. Sie wimmert und ihre Hüften bocken unfreiwillig. Sie sehnt sich verzweifelt danach.

„Dimitri", stöhnt sie.

Ich fange an, meine Hand wegzuziehen, und sie packt mein Handgelenk und zwingt mich, sie weiterhin zu berühren.

Ich lecke mir über die Lippen. „Babygirl…"

„Bitte. Ich will mehr."

Und ich bin erledigt. Ich kann nicht länger warten.

Ich neige ihren Kopf nach hinten und entblöße ihren perfekten Hals. Ihr Puls springt und rast. Meine Eckzähne pochen und werden so scharf wie Rasiermesser. Mit einer Bewegung, die zu schnell für das menschliche Auge ist, drehe ich meinen Kopf zu ihrem und versenke meine Zähne in ihrem wartenden Fleisch.

Gwen keucht und stöhnt, ihr Körper verspannt sich und zuckt in einer Explosion der Lust. Ihre Reaktion bringt meinen Schwanz zum Pochen. Wären wir ein Paar, wäre sie bereit, würde ich mich entkleiden und mich in sie stoßen, während ich von ihr trinke. Aber dafür ist sie noch nicht bereit. Ganz gleich, wie sehr sie auch bettelt.

Ich sollte das hier nicht tun. Ich sollte nicht hier bei ihr sein. Sie ist eine verdammte Jungfrau und ich habe einen Kodex. Aber ich bin zu hungrig, um mit dem Trinken aufzuhören.

Ihr Blut ist süß und heiß. Ich sauge mit kräftigem Druck an ihrem Hals. Ich werde einen Knutschfleck auf ihrer Haut zurücklassen.

Ich reiße die Haut an meinem Finger auf und benutze einen Tropfen meines Blutes, um die Einstichwunden zu versiegeln. Die Wunden in ihrer Haut werden schnell heilen, aber das rote Mal wird bleiben. Sie wird den Knutschfleck morgen früh im Spiegel sehen und versuchen, sich an mich zu erinnern.

Es ist eine Schande, dass ich ihre Erinnerungen löschen muss, dass ich sie vergessen lassen muss.

Ich habe meinen Kodex gebrochen. Ich habe von einer Jungfrau getrunken und ihr Ekstase verschafft. Sie ist unschuldig, sie gehört nicht in diese Welt. Ich muss sie gehen lassen.

Es ist merkwürdig, dass ich einen solchen Widerwillen verspüre, das zu tun.

Ich ziehe sie vorsichtig in meinen Armen nach oben und umfange ihr Kinn, um sie dazu zu zwingen, mir in die Augen zu blicken. „Schau mich an, Gwen."

Ihre Augen begegnen meinen. Sie sind smaragdgrün. Das hübscheste Augenpaar, das ich jemals gesehen habe. Und sie werden mich nie wieder sehen.

„Vergiss das alles." Ich greife in ihr Gedächtnis. „Vergiss mich. Du hast die ganze Nacht lang oben getanzt. Du hattest eine wundervolle Zeit, aber du wirst nie wieder zum Club Toxic zurückkehren wollen."

Ich bin ein Mistkerl, dass ich den letzten Teil anfüge. Normalerweise werde ich nicht so besitzergreifend bei Sterblichen, mit denen ich spiele. Vor allem nicht, da ich eine bindende Regel habe, dass es nur eine Nacht gibt. Auf diese Weise besteht keine Chance, anhänglich oder besitzergreifend zu werden. Und dennoch kann ich den Gedanken nicht ertragen, dass meine unschuldige Gwen hierher zurückkommt und von einem anderen Vampir ausgenutzt wird. Nicht, dass Lucius nicht für die Sicherheit der Sterblichen sorgt, die hier spielen. Aber trotzdem…

Ich mag es nicht.

Also lösche ich ihre Erinnerungen und lasse sie gehen. Beschütze sie vor anderen wie mir.

 *wen*

DIE SONNE SCHEINT mir ins Gesicht. Ich drehe mich mit einem Ächzen um und packe mein Handy. Es ist fast Mittag. Ich war gestern Nacht lange weg. Ich greife nach meinem Gedächtnis und es entfaltet sich langsam. Schattige Ecken, pulsierende Musik. Ich tanzte die ganze Nacht lang. Aber irgendetwas daran war wundervoll. Was war es? Vielleicht werde ich mich nach einer Tasse Earl Grey an mehr erinnern.

Mein Hintern tut weh. Bin ich hingefallen? Ich husche zum Spiegel und werfe einen Blick darauf, aber dort ist kaum ein Fleck. Ein schwacher blauer Fleck und eine durchbrochene rote Linie. Wovon könnte die sein? Und warum bin ich irgendwie enttäuscht, dass ich nicht noch mehr Male finde? Als hätte ich erwartet, dort etwas zu sehen? Ich bemerke einen dunklen Knutschfleck an meinem Hals und keuche freudig auf. Ich versuche, mich daran zu erinnern, wer ihn mir verpasst hat, doch… nichts.

Meine Pussy pocht begehrlich.

Ich werfe noch einen Blick auf mein Handy. Da ist eine Nachricht von meiner besten Freundin Aurelia und ein verpasster Anruf von Chad.

Chad. Argh. An seinen Auftritt letzte Nacht erinnere ich mich sehr deutlich.

Ich ignoriere seinen Anruf und schreibe Aurelia.

Bin wach! Lange Nacht gestern im Club Toxic.

Sie antwortet eine Minute später. *Du bist hingegangen? Allein?*

Ich streiche mir die Haare aus dem Gesicht. Bin ich zum Club Toxic gegangen? Es wirkt alles wie ein Traum. Ich erinnere mich daran, dass ich in meinem weißen Kleid zu dem Club lief. Der Türsteher ließ mich rein. Ich wollte mir einen Drink bestellen. Chad war dort – mit seinem Freund… Der Rest ist ein verschwommener Nebel. Ich tanzte die ganze Nacht. Diesbezüglich bin ich mir sicher, dennoch kann ich mich an keinen einzigen Moment davon erinnern.

Ja, simse ich ihr. *Chad war dort.*

Kleine Punkte erscheinen und verschwinden einige Male. Dann klingelt mein Handy.

„Chad?", blafft Aurelia ohne Einleitung. „Dieser Scheißkerl war dort?"

Ich kichere. „Nenn ihn nicht so."

„Er verdient es. Er war scheiße zu dir."

„Ja." Ich lasse den Teil aus, bei dem ich ihn dabei erwischte, wie er mit seinem neuen Lover plauderte.

„Und? Hat er mit dir geredet?"

„Er sagte *Hi*. Das Gespräch war kurz. Es war okay."

Aurelia kauft mir das nicht ab. „Es tut mir leid, dass er deine Nacht ruiniert hat."

„Er hat sie nicht ruiniert. Ich hatte Spaß. Ich habe jemanden kennengelernt." Ich berühre den Knutschfleck an meinem Hals. *Glaube ich zumindest*. Meine Erinnerungen sind schemenhaft, aber ich erinnere mich an ein Gesicht. Dunkle Augen, dunkle Haare, dunkelhäutige Haut. Ein kurz gehaltener Ziegenbart, der perfekte Lippen einrahmte.

„Ach?" Aurelias Tonfall wird skeptisch. „Wen?"

„Nur einen Kerl." Ich greife nach meiner Erinnerung, aber sie ist verschwommen.

„Wie heißt er?" Ihre Stimme klingt ein wenig scharf.

Ich ärgere mich, nicht über ihren Tonfall, sondern weil ich mich nicht an seinen Namen erinnern kann. Ich kann mich kaum an sein Gesicht erinnern. „Ähm…"

„Vielleicht sollte ich mit dir gehen, wenn du noch einmal hinwillst. Dieser Laden ist ein bisschen zwielichtig."

Nichts an Club Toxic ist zwielichtig. Aber ich verstehe, was sie meint. Wenn die Leute von Club Toxic reden, schwingt immer eine gewisse Vorsicht mit. Als sei er gefährlich.

Aber ich war nicht in Gefahr, als ich dort war. Ganz im Gegenteil. Irgendetwas an dem Laden gab mir das Gefühl, sicher zu sein. Auch wenn ich mich nicht an alles erinnern kann. „Es war okay. Ich hatte eine schöne Zeit."

„Man geht nicht ins Toxic, um eine schöne Zeit zu haben", sagt Aurelia. „Aber ich bin froh, dass du das hattest. Nächstes Mal werden Charlie und ich mit dir gehen."

Aus irgendeinem Grund habe ich das Gefühl, dass ich dort eigentlich nie wieder hingehen wollte, aber ihre Worte eröffnen neue Möglichkeiten. Ja, ich werde definitiv zurückgehen.

„Wie wäre es mit heute Nacht?", frage ich. „Zu Halloween?"

„Wow, du hattest wirklich eine tolle Zeit. Okay, ich werde Charlie fragen, aber ich denke, das sollte klappen."

~

ES IST DUNKEL, als ich schließlich beim Club Toxic ankomme. Ich stecke in einem engen schwarzen Kleid im Bondage-Stil. Ich besaß noch nie ein Kleid wie dieses – ich zog heute Mittag los und kaufte es. Ich weiß nicht einmal warum. Ich wollte nur wirklich etwas in den Club anziehen, das schwarz und kinky war.

Vor der Tür ist eine Schlange, aber der Türsteher schaut zweimal zu mir und winkt mich zu sich. Ich habe ein starkes Déjà Vu Gefühl, während ich zu seinem grobschlächtigen Gesicht hoch starre.

„Hallo", sage ich.

„Das ist dein Kostüm?"

Ich fasse an das Haarband, das ich trage, und spiele mit den kleinen Öhrchen. „Jepp, ich bin eine Katze."

„Nun, kleines Kätzchen, heute Nacht gibt es einen besonderen Dresscode."

„Oh." Meine Glücksblase zerplatzt.

„Maskerade." Der Türsteher tritt zur Seite und zieht eine rote Kordel beiseite, um einem elegant aussehenden Paar zu erlauben, nach drinnen zu schreiten. Beides sind Frauen, eine mit langen blonden Haaren, die andere mit kurzen pinken Haaren. Die Blonde trägt ein schickes Ballkleid und die andere einen Smoking. Beide tragen aufwendige weiß und goldene Masken. Die pinkhaarige Frau im Smoking zwinkert mir zu.

„Ich liebe die Ohren, Kleines", sagt sie, während sie nach drinnen verschwindet.

Ich wende mich ab und mache mich auf den Weg zurück

zu meinem Auto. Ich wollte heute Nacht unbedingt im Toxic sein. Ich hatte einfach das Gefühl, als wäre es mir vorherbestimmt dort zu sein.

Ich habe nur wenige Schritte gemacht, als eine dunkle Gestalt meinen Weg blockiert.

„Hast du dich verirrt, Babygirl?"

Ich schaue auf und sehe den Mann meiner Träume. Der Mann ragt über mir auf. Er steckt in einem Smoking und eine schwarze Maske verdeckt einen Teil seines Gesichts. Der schwarze Stoff rahmt seine hübschen dunklen Augen dramatisch ein.

„H-hi." Das Wort purzelt zittrig von meinen Lippen.

Er mustert mich von oben bis unten und zieht eine Braue hoch. „Heute Nacht schwarz."

„Ja." Ich zögere. „Kenne ich dich?"

Er legt den Kopf zur Seite. „Willst du reingehen?"

„Mehr als alles andere", sage ich.

Er gluckst und ich muss über mich selbst lachen. Ich klinge ziemlich verzweifelt. Er bietet mir seinen Arm an. „Vertraust du mir?"

„Nein." Ich sollte es zumindest nicht. Die Wahrheit ist, dass ich es tue. Denn ich habe das Gefühl, als würde ich ihn kennen. Ich nehme seinen Arm. „Aber ich werde mit dir gehen, für eine Nacht."

„Mein Name ist Dimitri", sagt er. Das kommt mir bekannt vor.

Ich will ihm sagen, dass ich seinen Namen kannte, aber es besteht kein Grund dazu, das zu sagen. „Ich bin Gwen."

Sein Blick huscht über mich und erfasst die Katzenohren. Er führt mich nach oben zu dem Türsteher.

„Das ist mein Gast für die Nacht", verkündet Dimitri.

„Sie braucht eine Maske", entgegnet der Türsteher.

„Ah, ja." Dimitri klopft auf seine Tasche und zieht eine

seidige Maske hervor. Weiß. Gestern Nacht trug ich weiß. Die Farbe lässt mich stutzen. Einen Augenblick glaube ich, dass ich mich daran erinnere, dass er eine Bemerkung zu meinem weißen Kleid machte, aber der Moment vergeht.

Ich neige mein Gesicht nach oben und erlaube Dimitri, die Maske zu befestigen. Er bindet sie fest und bietet mir wieder seinen Arm an. „Wollen wir?"

Im Inneren fühlt sich der dunkle Raum sowohl neu als auch vertraut an. Ich starre auf die Tanzfläche, wo ich gestern Nacht tanzte, aber ich kann mich noch immer nicht daran erinnern, tatsächlich getanzt zu haben.

Dimitri macht Anstalten, mich zur Bar zu führen, und ich zögere. Er spürt es und stoppt, wartet schweigend. Ich bekomme das Gefühl, als würde er darauf warten, dass ich etwas sage.

Ich sehe mich um und entdecke die Tür zur Garderobe. Eine Erinnerung springt durch meine Gedanken und flitzt gerade außer Reichweite.

Ich lecke mir über die Lippen. Ich bin mir nicht sicher, was ich als Nächstes sagen werde, aber ich vertraue meinen Instinkten. „Ich will nach unten gehen."

„Warst du dort schon mal?"

Ich zerbreche mir den Kopf. Ich sollte Nein sagen, aber irgendetwas widersetzt sich dem Wort. „Das war ich", sage ich langsam.

Er scheint etwas sagen zu wollen. Doch ohne Proteste führt er mich durch den Garderobenbereich, an zwei riesigen Türstehern vorbei und eine versteckte Treppe nach unten. Der Geruch des Ortes, ein mildes, aber sinnliches Parfüm, das meine Erinnerung kitzelt, erhebt sich, um mich zu begrüßen.

Als wir den Fuß der Treppe erreichen, trete ich eifrig nach vorne und begrüße den Anblick des BDSM Clubs wie einen alten Freund.

Dimitri hat einen nachdenklichen Gesichtsausdruck aufgesetzt. Er führt mich zu einem roten Ledersessel und vergewissert sich, dass ich es mir bequem gemacht habe, bevor er in seinen eigenen Sessel sinkt.

„Drink?" Er hebt einen Finger und ein schwarz gekleideter Kellner kommt herüber und verbeugt sich so tief, dass Dimitri in sein Ohr flüstern kann. Ich schlage die Beine übereinander und stelle sie wieder nebeneinander, zu aufgeregt, um still zu sitzen.

Dimitri bestellt unsere Drinks und lehnt sich in seinem Sessel zurück, wo er seine Fingerspitzen aneinanderdrückt.

„Du scheinst mit diesem Ort sehr vertraut zu sein, Miss Gwen", sagt er.

„Ich erinnere mich daran. Glaube ich."

„Du glaubst es?" Seine schwarzen Brauen heben sich.

Ich zucke mit den Achseln. „Einmal im Traum."

Weitere Paare kommen die Treppe herunter, die Frauen und ein oder zwei Männer tragen Kleider und ausgefallene Frisuren, die Marie-Antoinette vor Eifersucht rasend gemacht hätten.

Ich presse meine Beine zusammen, denn plötzlich bin ich mir bezüglich meines Outfits unsicher.

„Entspann dich", murmelt Dimitri, als könne er meine Gedanken lesen. „Du bist niedlich. Ich würde rein gar nichts an dir verändern."

Ich lecke über meine Lippen. „Dankeschön."

„Und wer bist du zu Halloween?"

„Ich bin eine Katze. Miau."

„Soll ich dich streicheln?"

„Wenn du möchtest", sage ich steif, aber ich öffne meine Beine.

Ich trage kein Höschen.

Dimitris Augen verdunkeln sich, während er zwischen meine Beine starrt. „Will das Kätzchen spielen?"

„Mehr als alles andere." Meine Stimme ist leise, sinnlich.

Der Kellner kehrt mit einem Tablett zurück, auf dem zwei Gegenstände stehen. Dimitri nimmt seinen Drink und entfernt das zweite Objekt, das er für mich hochhält. Mein Magen macht einen Salto und mein Mund wird trocken.

„Jedes Kätzchen braucht einen Schwanz." Er schüttelt ihn und dreht ihn, um ihn mir aus jedem Winkel zu zeigen. Es ist eine silberne Metallknolle, an der ein langer flauschiger Schwanz befestigt ist. Pinkes Fell.

„Nun, Kätzchen? Bist du bereit?" Sein Feixen ist eine Herausforderung.

Er spielt besser als ich. Aber nicht mehr lange.

Ich rutsche von dem Sessel auf meine Hände und Knie. Ich krabble so sinnlich, wie ich kann, über den Boden. Das schwarze Feuer in seinen Augen verrät mir, dass ich tierisch sexy bin. Als ich ihn erreiche, reibe ich meinen Kopf an seinem Knie.

„Braves Kätzchen." Er klingt etwas überrascht, aber streichelt meine Haare nach hinten. „Leg dich über meinen Schoß."

Das tue ich und strecke mich auf seinen harten Beinen aus. Er rollt mein enges Kleid nach oben. Ich bemühe mich, nicht zu erbeben, und versage.

Dimitri zieht das weiche Fell über meinen Po.

„Die Frage ist, welches Loch soll ich benutzen." Er neckt meine feuchten Schamlippen mit dem kalten Metall. Ich winde mich und er schlägt auf meinen nackten Hintern. „Benimm dich, Kleines."

Ich winde mich heftiger und er gluckst. „Na schön. Ich werde dir geben, was du willst. Nachdem ich diesen Plug eingeführt habe."

Er schiebt den Plug in meine Pussy. Er dehnt meinen zarten Eingang, aber mein Körper schluckt ihn schon bald ganz, heißt ihn willkommen.

„Dann wollen wir dich mal aufwärmen, in Ordnung?" Er packt meinen Hintern, hart, und die Nervenenden erwachen zum Leben. Ich erinnere mich nicht, aber mein Körper erinnert sich an diese Position über dem Schoß eines großen Mannes, den Hintern in der Luft, der von seiner harten Hand versohlt wird.

Das ist haargenau das, was Dimitri tut. Er wärmt meine Pobacken auf, indem er sie ein paarmal drückt, dann jeder einen so harten Schlag verpasst, dass ich kreische. Er versohlt mir eine ganze Minute lang den Hintern. Dann macht er eine Pause, um an dem Plug in meiner Pussy zu ziehen und zu drehen, bis ich mich winde, woraufhin er mir erneut den Hintern versohlt. Runde um Runde, bis mein Hintern heiß und glühend ist. Meine Pussy pocht und zieht sich um den Plug zusammen.

„Du hast das so gut gemacht." Dimitris Raunen ist die reine Verführung und Sünde. Die Schlange, die Eva in Versuchung führt. „Aber ich fürchte, du trägst deinen Schwanz nicht richtig." Er zieht ihn raus und er gleitet mit einem schmatzenden Geräusch aus mir.

Oh nein. Ich rutsche auf seinen Schenkeln hin und her, aber es ist zu spät, um zu entkommen.

„Greif nach hinten, Kätzchen, und zeig mir, wo das hingehört."

Nope, das kommt nicht infrage. Ich packe die hervorragend geschneiderten Hosen und versuche, seine Waden zu umarmen. *Das werde ich nicht tun, nope, nope, nope.* Ein Glucksen verrät mir, dass Dimitri genau weiß, was mir durch den Kopf geht.

Der Plug berührt wieder meine Schamlippen und streicht

zwischen ihnen hoch und runter, womit das tiefe Verlangen in meinem Geschlecht gelindert wird, während er mehr von meiner Feuchtigkeit aufnimmt. „Wenn du es tust, erhältst du eine Belohnung."

Verdammt. Langsam greife ich nach hinten und packe meine bestraften Pobacken. Die Haut meines Hinterns ist heiß in meinen Händen. Ich zögere, dann ziehe ich meine Pobacken auseinander. Verdammt, das ist peinlich. Mein Gesicht ist so heiß wie mein Hintern. Ich ziehe den Kopf ein und versuche, mich an seinem Hosenbein zu verstecken. Aber ich halte meinen Hintern geöffnet.

„Braves Mädchen." Natürlich steckt er den Plug nicht sofort in mich. Warum sollte er das auch tun, wenn er einen Finger in das Tal zwischen meinen geröteten Pobacken tauchen und die empfindsame Haut um meinen Anus necken kann? „So ein hübsches Loch", informiert er mich, während er den gekräuselten Bereich noch erkundet. Ich will meine Pobacken zusammenpressen, aber er hat das Ganze wohldurchdacht. Ich kann mich nicht verkrampfen, weil er mich gezwungen hat, sie aufzuhalten. Ich sterbe. Das hier ist so falsch.

Ich bin so feucht.

Es ist schon fast eine Gnade, als er schließlich die Metallspitze des Plugs an meinem Hintern ansetzt.

„Ich habe etwas Gleitgel bei der Hand, aber das hier ist bereits ziemlich feucht. Lass uns sehen, wie weit wir kommen."

Steeeerbe. Die Spitze umspielt die Rosette und beginnt, sich in diese zu drücken. Meine Muskeln spannen sich an. Ich wimmere.

„Schh, es ist alles in Ordnung, Kätzchen. Dieser Plug ist klein. Es wird unangenehm sein, aber du wirst damit zurechtkommen."

Na toll, danke. Ich verkneife mir alle möglichen giftigen Antworten.

Er übt Druck auf den Plug aus und ich bin dankbar, dass er ihn nicht einfach in mich rammt. Es fühlt sich so merkwürdig an, so falsch. Ich keuche, mein Kopf ist zum Boden geneigt, aber meine Pussy ist ein Wasserfall. Wenn ich mich an seinem Bein reibe, werde ich eine Riesensauerei hinterlassen.

„Du schlägst dich wacker. Hier." Seine Finger kehren mit einem Klecks von etwas Kühlem zurück, das er um meinen Hintereingang verteilt. Gleitgel. Er drückt seinen Finger nach vorne und irgendwie durchbricht er den verkrampften Muskelring und dringt in meinen Anus.

Ladies und Gentleman, Dimitris Finger ist in meinem Arsch.

„Ich könnte die ganze Nacht lang so dasitzen", sagt Dimitri. „Du bist so heiß im Innern und eng."

Tot. Ich bin tot. Ich schaukle mit den Hüften und wimmere. Sein Finger kommt raus und ich sacke in der Sekunde zusammen, in der der Druck verschwindet. Doch schon kurz darauf folgt der Plug. Er gleitet mit wenig Widerstand in mich.

„Da ist er. Braves Mädchen."

Ich winde mich, aber kann keine angenehme Position finden. Da steckt ein Plug in meinem Hintern und mein Körper warnt mich ohne Unterlass, dass er dort nicht hingehört.

„Jetzt zu deiner Belohnung." Er presst etwas in mein Geschlecht, gleitet zwischen meine Falten und nach oben zu meiner Klit. Es ist ein schmales Plastikspielzeug das summend zum Leben erwacht. Die intensiven Vibrationen legen einen Schalter um und mein Orgasmus überrollt mich. Ich verkrampfe mich, den Hintern nach wie vor über seinem

Schoß, während das Spielzeug mein Hinterteil dehnt und der seidige Fellschwanz die Rückseite meines Beines kitzelt.

„Braves Mädchen. Noch einmal." Und er bringt mich wieder und wieder zum Kommen, dann zeigt er mir das tropfnasse Spielzeug.

„Gut gemacht, Gwen. Ich denke, dir gefällt es, wenn ich deinen Hintern fülle."

Ich will mich beschweren, aber dem habe ich wirklich nichts entgegenzusetzen. Dimitri hilft mir hoch und streicht die Haare aus meinem Gesicht.

Ich rümpfe die Nase und rutsche auf seinen harten Schenkeln hin und her, um mein Missfallen auszudrücken.

„Schmoll nicht, Kätzchen. Du siehst so hübsch aus." Er streicht mein Kleid glatt und macht mich unter viel Getue wieder präsentabel. „Dein Kostüm ist fast komplett."

Er hat recht. Als ich mich jetzt in dem Raum umsehe, der mit Leuten in schicken Kostümen gefüllt ist, habe ich nicht mehr das Gefühl, als würde ich auffallen wie ein bunter Hund oder besser gesagt Kätzchen. Ich habe so schwer an meinem Kostüm gearbeitet wie sie an ihren. Vielleicht sogar schwerer.

„So. Wirst du brav sein?"

„Miau."

Er wendet den Blick eine Sekunde ab, aber ich sehe sein Grinsen trotzdem. „Das dachte ich mir. Du bist ein braves Kätzchen, aber dir fehlt noch ein Gegenstand."

Er hält ein Stück weißes Band hoch. Der Anblick rollt eine Erinnerung auf, aber dann ist sie weg und fliegt fort angesichts dessen, was als Nächstes kommt.

Dimitri bindet das Band um meinen Hals, ein improvisiertes Halsband. Mein Herz hämmert tierisch laut. „Wenn du das hier trägst, nennst du mich *Sir*."

Nenn mich Sir. Die Erinnerung zerrt so heftig an mir, dass ich zurückweiche.

„Kätzchen?"

Kätzchen. Ich war letzte Nacht hier. Ich wurde von einem gut aussehenden Mann, dem ich all mein Vertrauen schenkte, gespankt. Er nannte mich *Kätzchen.*

„Gwen? Alles in Ordnung?"

Die Dunkelheit öffnet sich und verschluckt die Erinnerung mit Haut und Haaren. „Ja, Sir. Dankeschön." Ich habe gerade ein Halsband angelegt bekommen. Das fühlt sich wichtig an. Ich vergrabe mein Gesicht an seiner Halsbeuge, da ich mich so dicht wie möglich an ihn kuscheln will. Wenn er mich wegzieht, werde ich gehen, aber eine Sekunde lang brauche ich diese Nähe.

Er zieht mich nicht weg. Sein Arm legt sich um mich. „Ist mir ein Vergnügen." Stockt seine Stimme etwa kurz? Ändert er etwa seine Meinung?

Ich verharre so, auf seinem Schoß eingeringelt und erlaube ihm, mich zu streicheln und zu beruhigen.

„Wer ist das, Dimitri?", sagt eine belustigte Männerstimme mit einem leichten Akzent.

Dimitri fährt mit einer Hand meinen Rücken hinab. „Das ist mein Schatz, Fluffy."

„Ich verstehe." Falls der Mann es auch nur im Geringsten merkwürdig findet, dass eine erwachsene Frau auf Dimitris Schoß sitzt und ein flauschiger pinker Schwanz in ihrem Kleid verschwindet, erwähnt er es nicht. „Es ist sehr freundlich von dir, dass du dich den Festivitäten heute Nacht anschließt. Möchtest du das Andreaskreuz für später heute Nacht reservieren? Für den Fall, dass sich dein Haustier nicht benimmt?"

„Ah, nein." Dimitri gleitet weiterhin mit der Hand über meine Haare, als würde er eine Katze streicheln. „Sie ist sehr gut ausgebildet. Dafür habe ich gesorgt."

„Sehr gut."

Es entsteht eine Pause und ich spüre, dass der Mann gegangen ist.

„Du ziehst Aufmerksamkeit auf dich, Kätzchen", flüstert Dimitri. „Sie würden alle mein Kätzchen streicheln, wenn sie könnten. Du bist so entzückend, wer könnte da schon widerstehen?"

Ich erschaudere, während ich noch immer an ihn geschmiegt bin und die Augen geschlossen habe. „Das würdest du ihnen nicht erlauben, oder?"

„Nein. Nicht heute Nacht. Niemals, außer du würdest es wollen."

Hmmm. Ich versuche, mir vorzustellen, so etwas zu wollen, aber ich kann nur daran denken, wie gut es sich anfühlt, in Dimitris Armen zu sein. Vielleicht sollte ich zu denken aufhören und mich nur darauf konzentrieren.

Wir faulenzen zusammen und beobachten die Paare, die den Club frequentieren. Ich versteife mich, als ich sehe, dass Chad wieder hier ist. Oh Gott! Er ist so leicht bekleidet wie ich.

Sein Lover führt ihn zu einem Strafbock und drapiert ihn darüber, ehe er Manschetten an seinen Fuß- und Handgelenken befestigt.

Ich will nicht zuschauen, aber ich kann den Blick auch nicht abwenden. Mir fällt auf, dass es kein Wunder ist, dass wir so gute Freunde waren. Wir sind beide devot. Wir verzehren uns beide nach derselben Sorte Liebhaber: einem sexy, kräftigen, aber liebevollen Master.

„Kennst du ihn?", fragt Dimitri, obwohl mir nicht klar ist, wie er das wissen könnte.

Ich nicke. „Wir waren verlobt. Er hat mir nie erzählt, dass er schwul ist. Ich fand es gestern Nacht hier heraus."

Dimitri lässt mich ein wenig an seinem Drink nippen. „Er sieht glücklich aus. Freust du dich für ihn?"

Ob ich mich für ihn *freue*? Hmm.

„Noch nicht", gestehe ich. „Ich bin immer noch wütend auf ihn, dass er es mir nicht erzählt hat. Wir waren acht Jahre zusammen! *Und hatten keinen Sex!*" So viel verschwendete Zeit.

Dimitris Lippen zucken. „Es ist immer noch Zeit, das wiedergutzumachen."

Ja. Mit ihm.

Ich ertappe mich dabei, wie ich seine Gesichtszüge mustere. Ich erlebe so ein starkes Déjà Vu.

„Ich kenne dich", sage ich. Sein Gesicht zupft am Rand meiner Erinnerungen. „Ich bin dir schon einmal begegnet. Einmal im Traum."

„Kätzchen…"

„Glaubst du an wahre Liebe? Ans Schicksal?"

„Märchen und Happy Ends?" Er schnaubt.

„Warum können sie nicht wahr sein?" Ich rolle meine Lippen nach innen, doch es ist zu spät, um die Frage zurückzunehmen.

„Ich habe lange Zeit gelebt", sagt er. „Ich habe viele Dinge gesehen. Selbst wenn man die wahre Liebe findet, gibt es so etwas wie ein Märchenende nicht. Alle hübschen Dinge sterben." Er sieht meine niedergeschlagene Miene und tippt auf meine Lippe. „Höre nicht zu träumen auf, Kätzchen. Wir haben alle unsere Träume."

„Du klingst so zynisch."

„Ich habe zu lange gelebt. Ich habe geliebt und verloren."

„Dein Verlust tut mir leid", murmle ich und die Müdigkeit auf seinem Gesicht verblasst. Ich will ihm noch mehr Fragen stellen – wen er verloren hat, aber er zeichnet meine Brustwarze durch mein Kleid nach und kommt mir damit zuvor.

„Wenn es irgendein Trost ist, Gwen, du bringst mich dazu, wieder glauben zu wollen."

Ich weiß nicht, woher ich den Mut nehme, aber ich lockere seine Maske. Ich mache es so langsam, dass er Einwände erheben könnte, falls er das wollte, aber er stoppt mich nicht. Der Seidenstoff fällt zu Boden. Der Anblick seines Gesichtes ist wie ein Schlag in die Magengrube. Er ist unfassbar hübsch, aber das ist es nicht, was mich zum Keuchen bringt.

„Ich kenne ich. Ich kenne dich *wirklich*."

„Nein, Kätzchen. Du kennst mich nicht." Die Winkel seines perfekten Mundes biegen sich nach oben, aber seine Miene ist konzentriert, als würde er direkt in meinen Kopf blicken und mein Gehirn durchsuchen. „Du kannst mich nicht kennen."

Ich hebe an, ihn zu berühren, und zögere, den Finger ausgestreckt. Meine Fingerspitze schwebt einen Millimeter von seiner stoppeligen Wange entfernt in der Luft. „Dann will ich dich kennenlernen."

Er fängt meinen Finger ein und führt ihn an seinen Mund. Er saugt fest an der Spitze, woraufhin mich Erregung durchfährt und zwischen meinen Beinen detoniert.

„Ich bin Jungfrau", informiere ich ihn.

„Ich weiß." Er klingt resigniert. „Ich sollte das nicht tun."

„Ich will es. Ich will es mit dir." Ich sitze jetzt rittlings auf seinem Bein und reibe mich daran. Mein Kleid bauscht sich um meine Hüften, mein nackter Hintern und pinker Schwanz sind für alle zu sehen, aber es ist mir egal. Ich lege meine Hände auf sein Anzughemd, blicke in die tiefe Dunkelheit seiner Augen und reibe mich an ihm. Und reibe mich. Und reibe mich.

Dimitris Hände legen sich auf meinen Hintern. Seine Finger bohren sich hinein und meine ziepende Haut erwacht zum Leben. „Bist du nah dran, Kätzchen?"

Ich beiße auf meine Lippe und nicke. Er dreht meinen

Schwanz und ich schreie und drücke meinen Kopf mit einem Wimmern an seine Schulter.

„Du bist sehr unartig. Ich habe dir keine Erlaubnis gegeben, dich so an mir zu reiben.“

„Bitte“, keuche ich und vergrabe mein Gesicht an seinem gestärkten Kragen. Er riecht göttlich. Ich drehe meinen Kopf und lecke seinen Hals.

Er versteift sich und belohnt – oder ist es eher bestraft – mich, indem er den Schwanz fast vollständig herauszieht. Ich stöhne, als die Silberknolle meine Hintertür dehnt. Meine Pussy läuft aus.

Dimitris stoppelige Wange reibt über meine. „Vielleicht sollte ich mein Kätzchen nach Hause bringen und ihr beibringen, wie man brav ist.“

„Ja, bitte, Sir.“

„Bist du dir sicher?“, fragt er in einem ernsteren Tonfall, der nicht zu diesem Moment gehört, und ich antworte als Gwen.

„Ja, Sir. Ich bin mir sicher.“

„Sehr schön.“ Er richtet sich auf, erhebt sich aus dem Sessel und hebt mich zur gleichen Zeit hoch. „Komm, Prinzessin. Mein Palast erwartet dich.“ Er setzt mich ab, damit ich laufen kann, aber hält mich dicht bei sich. Anstatt dass wir unsere Hände miteinander verschränken, legen sich seine Finger um mein Handgelenk, während er mich zur Treppe führt.

KAPITEL 4

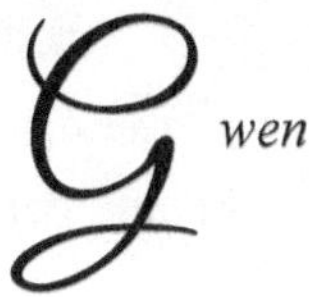

Als wir den Club verlassen, zwinkere ich der Frau mit den pinken Haaren zu. Und dem Türsteher. Ich stolziere an allen vorbei, während das seidige Fell des Schwanzes die Rückseite meiner Schenkel kitzelt. Wer bin ich gerade? Was ist nur aus mir geworden?

Dimitris Auto ist direkt vor dem Club geparkt. Es ist mattschwarz und sieht super schick aus wie ein Fahrzeug, das Batman fahren würde. Als wir uns dem Auto nähern, muss Dimitri auf eine Art Knopf drücken, denn die Türen schwingen wie Flügel nach oben auf.

Einige Typen, die in der Nähe des Gehwegs rauchen, rempeln einander an, als Dimitri mir in den Wagen hilft. „Heilige Scheiße, ein McLaren."

Ich lächle vor mich hin, während ich einsteige. Dimitri rutscht ebenfalls in das Auto und wir brummen davon.

„Womit verdienst du deinen Lebensunterhalt?", frage ich. Er ist offensichtlich extrem reich, aber ihm fehlt dieses angespannte Geschäftsmann-Verhalten, das ich erwarten würde. Er hängt in einem Nachtclub ab, als hätte er nichts Besseres zu tun.

„Ich handle mit Antiquitäten", sagt er. „Ich kaufe und verkaufe alte Artefakte."

Ich schaue fasziniert zu ihm. „Geschichtsfan?"

Er lacht. „Das könnte man so sagen. Vor allem mit den letzten zweieinhalb Jahrhunderten kenne ich mich besonders gut aus."

„Woher kommst du?" Ich habe einen leichten Akzent bei ihm wahrgenommen, aber kann ihn nicht einordnen.

„Meine Familie kommt aus Korfu. Mir gehört dort immer noch ein recht großes Stück Land. Aber ich bin auf der ganzen Welt umhergereist."

„Wohnst du jetzt hier? Oder bist du nur zu Besuch?"

„Nur zu Besuch."

Enttäuschung bohrt sich durch die Decke der Zufriedenheit, in die ich gehüllt war, seit er mir seinen Arm anbot und mich in den Club begleitete.

„Für wie lange?"

Er zuckt mit seinen eleganten Schultern. „Einige Monate, vielleicht mehr."

„Und was hat dich zum Club Toxic geführt?"

„Ich bin schon lange mit dem Besitzer, Lucius Frangelico, befreundet." Er lächelt mich an. „Jetzt bin ich mit dem Fragen dran. Womit verdienst *du* deinen Lebensunterhalt, Kätzchen?"

„Ich war eine Sonderpädagogin, aber jetzt gehe ich noch mal zur Uni, um einen Master in Sozialer Arbeit zu machen."

„Natürlich tust du das", sagt er ruhig.

„Was meinst du damit?"

Er schiebt eine Hand zu meinem Knie und streicht mit der Rückseite seiner Finger über meine nackte Haut. „Ich meine, dass es ein perfekter, selbstloser Beruf für meine süße Gwen ist. Ich applaudiere deine Wahl. Sie passt zu dir."

Seine Worte wärmen mich und ich lehne mich auf dem Ledersitz zurück, ehe ich leicht hin und her rutsche, weil ich noch immer den Plug in meinem Po habe. Ich bin gerade mit einem Schwanz den Gehweg entlangstolziert. Im Club lief ich direkt an meinem Ex vorbei und dann bin ich in ein Auto gestiegen, das mehr kostet als ein Haus. Ich gehe mit einem Mann mit, den ich gerade erst kennengelernt habe. Einem Mann, den ich zu kennen scheine, aber ich kann mich nicht daran erinnern woher. Und jetzt werde ich meine Jungfräulichkeit an ihn verlieren.

Heiliges Wow, was mache ich hier nur? Bin das wirklich ich?

„Atme, Babygirl", murmelt Dimitri, ohne mich anzuschauen. „Willst du das hier noch immer?"

Ich nicke. „Ja." Ich war mir noch nie in meinem Leben bei etwas sicherer. Er verleiht mir ein Gefühl der Sicherheit. Bei ihm fühle ich mich sicherer, als ich mich jemals bei Chad fühlte, und wir waren beste Freunde. Oder zumindest dachte ich das.

Mein Handy summt und ich sehe, dass ich eine SMS von Aurelia erhalten habe. *Ich bin im Club Toxic für die Maskerade. Wo bist du?*

Ich antworte: *Ich verbringe die Nacht mit jemandem. Ich schreibe dir, wenn ich dort ankomme und dann am Morgen.*

Kleine Punkte tauchen sofort auf Aurelias Seite des Chats auf. *Bist du dir sicher?,* schreibt sie.

Ich texte *Ja* zurück. Ich war mir noch nie so sicher bei etwas. Ich weiß nicht warum, aber ich bin mir sicher. Ich blicke zu Dimitri und die Schatten und das Mondlicht huschen über sein Gesicht. Seine Miene ist ein Rätsel – in der einen Sekunde sieht er so gut aus wie der Teufel mit vollen Lippen, die zur Sünde geschaffen sind, in der nächsten ist er der Teufel und ein Hauch von Grausamkeit zeichnet sich in den Fältchen um eben diesen Mund ab. Und dennoch... und dennoch... kenne ich ihn. Ich habe eine Verbindung zu ihm, wie ich noch nie eine Verbindung zu irgendjemandem zuvor hatte. Auf zellulärer Ebene. Er gibt mir das Gefühl, besonders zu sein, wie es noch niemand zuvor getan hat. Er gibt mir ein Gefühl der Sicherheit.

Wenn ich mit ihm zusammen bin, fühle ich mich, als befände ich mich in einem Märchen. Es mag verrückt klingen, aber ich glaube an die wahre Liebe. Ans Schicksal. Und ich glaube, dass ich für ihn gemacht wurde.

Wir rasen über den Highway, am „A"-Mountain vorbei und fahren zu einem Teil von Tucson, in dem ich noch nie zuvor war. Das Auto schmiegt sich an die dunkle Straße wie ein Liebhaber. Wir gelangen immer tiefer in die noblen Vororte. Die Häuser werden immer hübscher. Ich will gerade fragen, wohin wir fahren, als er auf eine schicke Einfahrt mit einem großen Tor und an einem riesigen Schild vorbeifährt, auf dem *Sunwolf Valley Resort* steht.

Ich keuche beim Anblick des Schildes und wieder, als das Resort in seiner ganzen Pracht in Sicht kommt. Dieses Resort/Kurhaus ist nagelneu. Acres eines grünen Golfkurses führen nach oben zu den gigantischen sandsteinfarbigen Gebäuden.

Eine Sekunde lang sinkt mir das Herz. Ich mache mir Sorgen, dass Dimitri vor den großen Eingang vorfahren und mich an allen vorbeiführen wird, samt Schwanz und allem. Ich werde immer kleiner auf meinem Sitz und frage mich, ob ich den Schwanz irgendwie verstecken kann. Ansonsten wird er ziemlich deutlich zu sehen sein. Er ist knallpink.

Aber im letzten Moment steuert das Auto zur Seite und fährt in eine versteckte Garage. Er parkt ganz hinten am Ende, direkt neben einem Aufzug.

Ich simse Aurelia meinen Aufenthaltsort und werfe mein Handy in meine Handtasche, bevor ich den Mut verliere. Ich mache mir keine Sorgen, weil ich mit Dimitri allein sein werde. Aber was ist mit mir? Ich bin immerhin vollkommen unerfahren. Und trotz meiner großen Klappe im Club habe ich keinen blassen Schimmer, was ich hier eigentlich mache. Was, wenn ich es vermassele? Was, wenn ich etwas falsch mache?

Sowie sich die Autotür hebt, wartet dort Dimitri mit ausgestreckter Hand auf mich. In der Dunkelheit sieht er wie ein arabischer Prinz aus, der mich zu einem Ausflug auf seinem magischen Teppich einlädt. *Vertraust du mir?*

Ich schlucke und nehme seine Hand. Das Metallteil in meinem Po bewegt sich und erinnert mich daran, dass das hier kein klassisches Märchen ist. Das ist die kinky, FSK 18 Version.

Mein gut aussehender Prinz führt mich zu einem Aufzug und benutzt eine Schlüsselkarte, um ihn zu öffnen, und dann wieder, um den Knopf für sein Stockwerk zu drücken. Ich trete von einem Fuß auf den anderen, als wir unseren Aufstieg antreten, doch er überlässt mich nicht meinen Gedanken. Mit Schwung pinnt er mich an die Wand. Er vergräbt eine Hand in meinen Haaren und hält mich für seinen Kuss still. Die Berührung seines Mundes überwältigt mich und verschlingt all meine Emotionen, bis ich schwankend zurückbleibe. Ich bin dankbar für seinen großen Körper, der mich einkeilt, sowie die Wand hinter mir.

Als er zurückweicht, sind seine Lippen fies gekräuselt. „Mein Zimmer befindet sich auf einem der oberen Stockwerke. Dann wollen wir mal herausfinden, wie lange du brauchst, um zu kommen."

Daraufhin sinkt er auf seine Knie. Er hebt mein Bein auf seine breite Schulter, sodass ich auf einem Absatz hin und her wackle, während er mein Kleid nach oben zieht. Er verliert keine Zeit und presst sein Gesicht sofort auf meine Pussy. Mein Kopf rollt nach hinten und schlägt gegen die Wand. Blitze zucken mein Rückgrat hinab und schwächen meine Beine. Er fixiert mich noch immer an der Wand, ansonsten wäre ich nämlich zusammengebrochen.

Seine Finger finden meinen Eingang und pressen sich in diesen, vögeln mich im Takt mit seinen Zungenschlägen an meiner Klit. Die rauen Stoppeln an seinem Kiefer treiben mich in den Wahnsinn, denn es ist eine prickelnde Sorte von Lustschmerz. Ich will jeden Zentimeter meiner Haut an seinem Gesicht reiben. Ich will, dass er Spuren hinterlässt.

Die beleuchteten Zahlen des Aufzugs steigen langsam an. *11, 12, 13*. Aber die Realität und Zeit haben keine Bedeutung. Ich bin an die Wand gepresst, die Beine weit gespreizt, den Schlägen seiner Zunge hilflos ausgesetzt. Ich neige mich, so weit ich kann, nach hinten und drücke meine Pussy in sein Gesicht. Verdammt, ich kann nicht genug kriegen. Er leckt mich, als wäre er am Verhungern.

Er drückt meinen Hintern und erweckt damit grob das Ziepen von meinem vorherigen Spanking. Dann zieht er an dem Plug.

Mein Orgasmus explodiert und vernichtet mich. Ich komme, wobei meine Arme und Beine wild um sich schlagen. Er erhebt sich und fängt mich auf.

„Braves Mädchen." Er stabilisiert mich, bis ich nicke, dann holt er ein Taschentuch hervor und wischt meine Säfte von seinem Gesicht. Sein Auftreten ist wieder makellos als der Aufzug pingt und die Türen aufgleiten.

Wir befinden uns in einem verlassenen Hotelflur. Es gibt nur wenige Zimmer auf diesem Stockwerk. Aber als er stoppt und sich mir zuwendet, weiß ich, dass es an der Zeit für einen Test ist.

„Ich habe etwas Nettes für dich getan", sagt er. „Was wirst du mir im Gegenzug geben?"

„Was auch immer du willst", antworte ich atemlos.

„Hmmm." Er tut so, als würde er darüber nachdenken. „Würdest du mich hier und jetzt blasen?"

Oh Gott. Es ist niemand im Flur, aber trotzdem… Jemand könnte kommen, jemand könnte es sehen.

Er knöpft seine Hose auf und ich kann einfach nicht anders. Ich sinke auf die Knie. Er zieht seinen Penis heraus, sodass er vor mir hängt.

„Krabble, Kätzchen." Er weicht langsam zurück. Ich folge ihm eifrig auf Händen und Knien und befolge seine Anweisungen. „Kopf hoch, Vorderseite tief nach unten. Lass deinen Hintern schwingen – zeig mir deinen Schwanz. Lass die Augen auf mich gerichtet. So ist's recht."

Ich krabble die letzten Schritte zu der Tür am Ende des Flurs. Er schließt sie auf und als ich in dem Zimmer bin und die Tür geschlossen, weicht er erneut zurück und zwingt mich so, wie eine echte Katze hinter ihm herzuschleichen – mein Oberkörper ist tief über dem Boden, der Schwanz in der Luft, meine Augen sind auf sein Glied geheftet, als wäre es meine Beute. Er setzt sich und ich tue so, als würde ich mich gleich auf ihn stürzen. Er hakt einen Finger vorne in das Band, das ich als Halsband trage, und zieht mich nach vorne. Ich gehorche sofort, da ich nicht riskieren möchte, das Band um meinen Hals zu zerreißen.

„Heute Nacht werde ich dir geben, was du willst. Aber zuerst werde ich dir beibringen, wie du mich befriedigen kannst. Würde dir das gefallen?"

Ich lege meine Hände unter mein Kinn, als wären sie Pfoten und bettle stumm. Er gluckst. Eine Hand in meinen Haaren zieht er mich näher. Er bringt mich dazu, mit den Lippen über seine Männlichkeit zu gleiten und um die Spitze zu lecken. Ich schmecke seine Lusttropfen und Hoden und fahre mit der Zunge die harte Ader an der Seite entlang. Indem er meinen Kopf mit beiden Händen festhält, schiebt er meinen Mund über sich und nach unten. Ich kann ihn nicht sehr weit aufnehmen, bevor ich würge. Er erlaubt mir, mich zurückzuziehen und Luft zu holen. Ich tröste mich damit, dass ich um die helmförmige Spitze lecke, bevor er mich wieder nach unten zieht. Dieses Mal nehme ich ihn tiefer auf, bevor ich heftig würge. Ich versuche, es zu erzwingen, und es treibt mir die Tränen in die Augen.

Er muss mich gewaltsam von sich ziehen. Sein Daumen wischt meine Tränen weg und ist daraufhin schwarz von meinem Mascara.

„Es ist okay. Das braucht Übung", murmelt er. Er lässt mich meine Zunge rausstrecken und wie ein Hund hecheln, während er mit seiner Eichel darüber reibt. „Du wirst das schon bald schaffen. Aber jetzt da ich deinen Mund erobert habe, lass uns zu anderen Dingen übergehen."

Ich rechne damit, dass er mich zum Bett bringen wird, aber zuerst lässt er mich vor sich knien, das Gesicht von ihm abgewandt. Ich presse mein Gesicht in den Teppich und erlaube ihm, seine Finger über meinen Hintern wandern zu lassen, wo er die Spuren untersucht, die er hinterlassen hat. Er gleitet mit zwei Fingern meine Spalte hoch und runter und prüft, wie feucht ich bin. Dann ruckt er an dem Plug.

„Wäre ich ein Sadist, würde ich dieses hübsche Arschloch zuerst vögeln. Dir beibringen, von Analsex zu kommen, bevor du jemals einen Schwanz in deiner Pussy hattest."

Ich wimmere.

„Ist es das, was du willst?" Bevor ich antworten kann, verpasst er mir einen Klaps auf meinen Po. „Das hast ohnehin nicht du zu entscheiden, nicht wahr?"

Ein Beben durchläuft mich. Ich habe hier nicht die Kontrolle, aber mir gefällt das so.

Er zieht den Plug langsam raus und ich knirsche mit den Zähnen wegen der Dehnung. Doch er legt den Plug einfach nur beiseite.

„Komm, Schatz. Keine Spielchen mehr." Er lässt mich aufstehen und nimmt mir die Ohren und Maske ab. Ich hatte ganz vergessen, dass ich sie noch anhatte. Dann hebt er mich in seine Arme. „Tritt die Schuhe von deinen Füßen", befiehlt er und das tue ich. Er trägt mich zu dem gigantischen Badezimmer und stellt mich in die riesige begehbare Dusche.

Nachdem er an den Armaturen gedreht hat, um das Wasser anzuschalten, nähert er sich mir, um mir mein Kleid auszuziehen. Als ich bis auf mein Halsband nackt bin, verschränke ich die Arme vor meiner nackten Brust. „Wirst du mich waschen oder mich verführen?"

„Beides." Er dreht mich und positioniert mich unter dem Wasserstrahl. Die Temperatur ist perfekt. Ich hebe mein Gesicht zu dem warmen Nebel, dann wird mir bewusst, dass das Rascheln hinter mir nur eines bedeuten kann. Er zieht sich aus.

Ich fange an, mich umzudrehen, und erhalte einen Schlag auf meine Kehrseite. „Bleib nach vorne gewandt stehen, Babygirl."

„Was, ich darf dich nicht anschauen?"

„Noch nicht." Seine Stimme ist tief, ein leichter Akzent schwingt in jedem Wort mit, wodurch sie kraftvoller wirken.

Also drehe ich mich zu der Wand und mustere die winzigen glänzenden Fliesen. Und ich werde fast sofort belohnt. Ein riesiger, harter Körper streift mich von hinten.

Ich lehne mich zurück und nehme seine kräftige Figur wahr. Die Haare auf seiner Brust kratzen leicht über meine Haut. Dann streicht die harte Länge seines Penis über meinen Po.

„Neig deinen Kopf nach hinten", befiehlt er. Als ich gehorche, macht er sich daran, meine Haare zu waschen, wobei er mit seinen Fingern durch jede Strähne fährt und das Shampoo in meinen Schädel einmassiert. Meine Gedanken schweifen unter dem Wasserstrahl ab und ich befinde mich wie in Trance. Als meine Haare gewaschen sind, seift er seine Hände ein und fährt mit ihnen über meinen gesamten Körper. Er scheut nicht vor meinem Geschlecht zurück. Meine Pussy und Hintern werden gründlich gewaschen. Und er berührt mich noch lange, nachdem sie blitzsauber sind, weshalb ich mich vor Ungeduld winde.

„Kann ich dich anfassen?", frage ich.

„Nicht heute Nacht."

Ich verstehe es. Es ist eine weitere Methode für ihn, seiner Kontrolle über mich Ausdruck zu verleihen. Ich würde protestieren, wäre ich nicht so entspannt. „Behandelst du alle Jungfrauen so?"

„Ich war noch nie mit einer Jungfrau zusammen", verrät er mir. Seine Stoppeln pieken meine Wange, als er seinen Kopf senkt, um mir ins Ohr zu raunen: „Du wirst meine Erste sein."

Ich drücke meinen Po nach hinten gegen seine Härte und reibe mich schamlos an ihm. „Also entkerne ich in Wahrheit *deine* Kirsche."

Sein Lachen hallt durch die Dusche. „Ja, meine Hübsche. Bitte, sei sanft mit mir."

„Das werde ich."

Er tritt aus der Dusche und trocknet sich vor mir ab. Daraufhin greift er an mir vorbei, um das Wasser auszuschalten. Ich habe ihn noch immer nicht nackt gesehen. Mein Körper knistert vor Sehnsucht.

Ich bin super versucht, mich einfach umzudrehen, aber bevor ich das tun kann, wickelt er mich in ein Handtuch und trägt mich zum Bett. Er setzt mich mit dem Gesicht zu den Fenstern ab und weicht in den Hintergrund zurück. Ich weiß instinktiv, dass ich mich nicht umdrehen sollte. Ich will ihn sehen, aber noch mehr als das will ich ihn berühren und schmecken. Ihn trinken. Ich will alles. Und wenn ich kriege, was ich will, wenn ich eine gehorsame kleine Sub bin, dann nun… ich kann immer noch später ein freches Luder sein.

Es hilft, dass das Zimmer fantastisch ist. Es ist riesig und hat eine atemberaubende Aussicht auf die funkelnde Skyline der Stadt und die dunklen Erhebungen der Berge dahinter.

Er scheint sich hier auszukennen, obwohl das hier ein Hotel ist. „Wohnst du hier?"

„Für den Moment", antwortet er. Was keine richtige Antwort ist.

„Arbeitest du in Tucson?"

„Nicht wirklich. Ich mache dies und das."

In der Nähe meines Ohres höre ich ein Glas klirren. Ich drehe mich um und mir wird ein kleines Schnapsglas unter die Nase gehalten. „Trink. Nur ein kleiner Schluck. Das wird helfen."

Der Alkohol versengt mir die Nase und betäubt meine Lippen. Ich hasse den Geschmack, aber er rinnt glatt durch meine Kehle und breitet sich in meinem Körper aus.

Er nimmt das Glas weg, kehrt zurück und setzt sich hinter mich auf das Bett.

„Vertraust du mir, Gwen?"

Ich schlucke. „Ja."

Seine Hand betritt mein Sichtfeld. Sie hält noch ein Band fest, breit und schwarz. „Bleib stillstehen", befiehlt er und legt den Stoff über meine Augen, womit er mich von der Welt abschneidet. Wird er mich wirklich zwingen, es mit verbundenen Augen zu tun?

Ich frage ihn.

„Nun das ist eine Idee. Ich sollte dich zwingen, die Binde die ganze Zeit zu tragen. Du könntest nicht schauen, nur fühlen."

Ich schmolle. „Bitte, Sir."

Seine Hände legen sich auf meine Schultern und massieren sie leicht. „Nicht Sir. Nicht jetzt. Nenn mich Dimitri."

„Dimitri, bitte."

„Wir werden sehen. Still jetzt. Gehorche mir."

Er lässt mich nach hinten liegen. Anschließend breitet er meine abgetrockneten, aber noch immer feuchten Haare auf dem Kissen aus, ehe er meine Handgelenke packt und sie über meinem Kopf fixiert. „Bieg deinen Rücken durch, Babygirl. Zeig mir deinen Körper."

Das tue ich, nach wie vor mit verbundenen Augen. Ich kann mir seine Aussicht vorstellen – mein nackter Körper, straff vor ihm ausgestreckt, blass im Mondlicht. Es ist nicht fair. Er kann alles von mir sehen. Und ich kann nur fühlen.

„Ich werde das so gut für dich machen", sagt er. Er gibt meine Handgelenke frei und ich lasse meine Arme oben, wo er sie hingetan hat. Seine Hände wandern über meine frisch gewaschene Haut, massieren meine Brüste und erkunden mich von Neuem.

„Heute Nacht wird perfekt werden", verspricht er, während er mich streichelt. „Du solltest dich nie mit weniger zufriedengeben."

„Wirst du mich für alle Männer ruinieren?", frage ich hauptsächlich witzelnd.

Eine Pause. „Ja", sagt er schließlich, aber er klingt traurig.

Automatisch greife ich nach ihm. „Dimitri…“

Er presst sich dicht an mich und zieht mich in seine Arme. Er ist noch nackt. Yay!

Seine Lippen finden meine. Sie fangen und fesseln mich mit langen, berauschenden Küssen. Ich bin halb trunken von ihnen, zu entspannt, um auch nur nach dem zu greifen, was ich am meisten will – seine dicke Härte, die über meinen nackten Schenkel reibt.

Er stoppt und legt sein Kinn auf meinen Kopf. Ich drehe mein Gesicht an seinen Hals und bin glücklich damit, mich an ihn zu kuscheln und ihn einzuatmen. Ich wünschte, ich könnte im Kreis seiner Arme leben. Ich würde dort für immer bleiben.

„Du bist so süß. So unschuldig. Zu perfekt für mich oder irgendjemand anderen.“

Ich schnaube. „Ich bin völlig unerfahren. Ich bin diejenige, die unwürdig ist.“

Er schnauft spöttisch und ich lächle.

„Weißt du, die Art und Weise, wie wir über Jungfräulichkeit reden, ist so verkorkst,“ sage ich ernst, denn ich meine es auch ernst. „Ich verliere nichts. Ich gewinne dich.“

Es entsteht eine Pause, da ist ein Ruck und die Augenbinde fällt weg. Ich blinzle und begegne Dimitris Blick. Dunkelheit und Diamanten, hübscher als ein Ozean voller Sterne.

„Ich will das“, flüstere ich. „Ich will dich.“

Dimitri verlagert mich in seinen Armen. Plötzlich bin ich unter ihm. Sein Körper ist über meinem. Er lässt nicht sein ganzes Gewicht auf mich fallen, aber ich bin auf die köstlichste Weise gefangen. Seine Beine sind schwer und viel länger als meine dünnen. Sein Arm und Schultern rahmen meinen Kopf ein – ich kann spüren, wie ihr Gewicht das Bett nach unten drückt. Aber all das fliegt aus meinem Kopf, als er seine Hüften senkt, bis sie auf meine treffen.

Langsam bewegt er sich über mich und zieht seine Härte über meine geschwollenen Falten. Ich muss mich daran erinnern, zu schlucken und zu atmen. Er ist wirklich, wirklich groß – eine Tatsache, die ich irgendwie ignoriert habe, als ich versuchte, ihn zu blasen.

„Gwen", murmelt er. „Meine Gwen."

Sein. Ich mag das. Ich spreize meine Beine und neige meine Hüften nach oben, um ihm entgegenzukommen. „Bitte, Dimitri."

„Bist du dir sicher, Babygirl?" Er klingt verloren.

„Ich bin mir sicher. Wir sind dazu bestimmt, zusammen zu sein."

Er greift nach unten und spielt mit meinen Falten, findet meine Klit und reibt die kribbelnde Stelle an der Seite mit seiner rauen Daumenkuppe.

Ich winde mich. „Bitte, Dimitri, ich brauche dich."

Aber er ignoriert mich. Er gleitet nach unten und leckt mich erneut, womit er mich mit seiner Zunge zum Höhepunkt bringt. Dann, während ich noch immer zucke, schiebt er sich über mich. „Ich habe keine Geschlechtskrankheiten und kann keine Kinder zeugen", informiert er mich. „Aber wenn du möchtest, dass ich ein Kondom trage, werde ich das tun."

„Bist du dir sicher? Vollkommen unfähig?" Ich weiß nicht, warum mich das traurig macht.

Er nickt. Sein Glied ist bereits an meinem Eingang.

„Nein, es ist alles okay." Aurelia würde sagen, dass ich zu vertrauensselig bin, aber ich glaube Dimitri.

Er stößt sich langsam in mich.

Es tut weh. Es brennt. Aber wie bei dem Analplug dehnt sich mein Körper bald. Ich winde mich und stöhne, während er über mir erstarrt und mir erlaubt, mich an ihn zu gewöhnen.

„Du bist so hübsch, Babygirl."

„Du auch."

Seine Lippen zucken und Belustigung tanzt über sein Gesicht. Ich hefte meine Augen auf seine, während sich mein Körper zu entspannen beginnt. Das Verlangen brüllt allmählich lauter als das Unbehagen und ich drücke meine Hüften nach oben, um seinen zu begegnen, womit ich ihn etwas tiefer aufnehme. Ich ziehe meine Unterlippe zwischen meine Zähne und stöhne.

„Das ist es, Babygirl. Nimm meinen Schwanz. Gefällt dir, wie sich das anfühlt?"

„J-ja", stottere ich. Denn ich mag es, aber ich habe auch ein wenig Angst davor. Davor, dass der Schmerz zurückkehren könnte.

Als könne er meine Gedanken lesen, sagt er: „Von hier an wird es nur noch besser. Es tut nur beim ersten Mal weh."

Er zieht sich zurück – nur ein Stückchen – dann stößt er sich wieder in mich.

Ooh. Himmlisch. Es ziept immer noch wegen der Dehnung und leichter Schmerzen, aber der Stoß war auch so verflucht befriedigend.

„Noch einmal", verlange ich.

Sein Lächeln ist gutmütig. „Dieses eine Mal werde ich dir erlauben, Forderungen zu stellen, Kleines. Nur weil ich es brauche, dass du mir zeigst, wofür du bereit bist."

„Ich bin bereit für mehr", versichere ich ihm und rolle noch einmal mit den Hüften.

Er zieht eine elegant geschwungene Braue hoch. „Mehr wie das hier?" Dieses Mal zieht er sich weiter zurück – so viel, dass ich befürchte, dass er sich vollständig herausziehen wird, und ihm meine Hüften folgen – doch im letzten

Moment, ändert er die Richtung und dringt wieder in mich, bis zum Anschlag.

„Mmmh", stöhne ich meine Anerkennung hinaus. Das Gefühl ist köstlich. „Noch einmal, bitte? Sir?"

„Gefällt dir das?" Er wiederholt die Bewegung, genauso langsam, und verschafft mir damit genauso viel Befriedigung.

„Ich *liebe* das", bestätige ich.

Er beschleunigt das Tempo und ich presse meine Knie um seine Hüften zusammen. Mein Körper ist eine stromführende Leitung, durch die immer mehr Strom fließt.

„Mmmh." Dieses Mal schwingt in meiner Vokalisierung mehr Verzweiflung mit. Ein flehender Unterton.

Dimitri verändert den Rhythmus, macht kürzere, kräftigere Stöße und knallt jedes Mal gegen meinen Hintern und Beine.

„Ohh!", rufe ich, mein Mund öffnet sich zu der Form der Silbe und meine Augen weiten sich. Wie bei so vielen Dingen, die mir Dimitri beigebracht hat, wusste ich nicht, wie viel Vergnügen man aus solch simplen, aber vielfältigen Bewegungen ziehen kann.

„Bist du okay, Babygirl?"

Ich lasse meinen Kopf auf und ab wippen. „Mir geht's prima", keuche ich. Mehr als prima. Mir geht's fantastisch. „Bitte, Dimitri."

Er stützt sich auf eine Hand neben meinem Kopf und streicht mir mit der anderen die Haare aus dem Gesicht. „Bitte was, meine reizende Gwen?"

Ähm… ich weiß nicht. Ich weiß nur, dass ich etwas brauche. Mehr brauche. „Mehr, bitte."

Sein Lächeln wird breiter und er pumpt sich härter in mich. Mein Köper rutscht auf dem Bett nach oben, aber er fängt meine Schulter ein, um mich zu stützen. „Etwa so?"

Ich wölbe meine Brüste der Decke entgegen. „Ja!",

stöhne ich. „Bitte!"

„Du süßes, hübsches Ding. Wie kannst du nur so vertrauensvoll sein? So offen? Ich liebe es, wie du dich mir hingibst."

Er liebt es, mir zuzuschauen, wie ich mich ihm hingebe. Diese Worte erfüllen mich mit Wärme.

„Ich liebe es, mich…"

Einen Moment umwölken sich seine Augen, als wolle er mir gleich erzählen, warum ich es nicht tun sollte, doch dann schüttelt er den Kopf und schließt die Augen.

„ – dir hinzugeben", stelle ich klar für den Fall, dass da irgendein Zweifel bestand. „Nur dir."

Seine Augen fliegen auf und bohren sich in meine. Eine Wildheit haftet an ihm; diese kühle, kontrollierte Persona hat leichte Risse bekommen und ich sehe echte Emotionen darunter. Er hämmert sich in mich, hart.

Es tut weh, aber fühlt sich zugleich auch so gut an – wie seine Spankings und anderen wundervollen Quälereien.

„Ja, Dimitri", ermutige ich ihn. „Bitte!"

Er führt seinen Daumen an meine Klit und massiert sie, während er fortfährt, sich in mich zu stoßen, schnell und hart.

Ich schreie, meine Muskeln verkrampfen sich und ziehen sich um seine Härte zusammen.

Er brüllt und rammt sich tief in mich, bleibt dort.

Ich schlinge meine Beine fest um seinen Rücken, ziehe seine Hüften noch näher zu mir, seinen Penis noch tiefer. Halte ihn dort fest.

In diesem Moment will ich nie wieder loslassen.

Dimitri streicht mir erneut die Haare aus dem Gesicht und drückt einen Kuss auf meine Stirn, auf meine Nase. Auf jede Wange. Dann auf meine Lippen.

„Du bist so entzückend, Gwen. Wie fühlst du dich?"

„So gut", murmle ich.

KAPITEL 5

imitri

Es ist falsch, wie sehr ich meine unschuldige Blume verderben will. Weißt du, was noch schlimmer ist? Mit ihr habe ich all meine Regeln gebrochen.

Hier bin ich und verbringe eine zweite Nacht mit ihr, obwohl ich doch nie, niemals ein zweites Tete-à-Tete habe.

Das ist seit fast zweihundert Jahren meine Regel. Das ist es, was dafür sorgt, dass ich nicht den Verstand verliere.

Die meisten Leute denken, Vampire würden die Fähigkeit, zu fühlen, verlieren. Zu empfinden. Wir müssen Emotionen wegsperren, um den Schmerz überwinden zu können, Sterbliche zu lieben und ihnen beim Sterben zuzusehen. Oder um die *töte oder werde getötet* Welt der Vampire zu überleben.

Und ich dachte, dass ich es vielleicht getan hätte. Ich führte die *nur eine Nacht* Regel ein, um mich daran zu hindern, mich jemals wieder in einen Menschen zu verlieben.

Bis dieser daher kam.

Wie hat sie es geschafft meinen Einfluss auf ihre Erinnerung zu durchbrechen? Ihr Wille ist so flexibel. Vielleicht ist das ihre Superkraft. Oder könnte es sein, dass sie für mich bestimmt ist?

Fuck.

Es tut fast weh, sie anzuschauen, so hübsch ist sie. Das bedeutet, dass sie mich zerstören würde. Dieser süße, arglose, zuvorkommende Engel würde mir das Herz buchstäblich auseinanderreißen. Denn ich kann keiner weiteren Frau, die ich liebe, beim Sterben zusehen.

Das werde ich nicht tun.

Was bedeutet, dass ich nicht lieben kann.

Ich sollte die süße Gwen jetzt sofort nach Hause bringen und ihre Erinnerungen löschen. Die letzte Nacht noch einmal löschen. Die heutige Nacht aus ihren Erinnerungen löschen.

Aber sie ist bereits hier. Ich habe sie bereits entjungfert. Da kann ich uns beiden auch genauso gut eine Nacht reiner Sinnlichkeit schenken. Ihr noch einige andere Stellungen zeigen. Etwas mehr Lust.

Und am Ende des Ganzen werde ich sicherstellen, dass sie sich nicht einmal daran erinnert, dass Club Toxic existiert. Damit sie sich nie wieder dorthin verirrt.

„Bist du wund, Babygirl? Oder bist du bereit für eine weitere Runde?"

Ihre Augenlider, die halb gesenkt waren, öffnen sich ganz. „Ich bin bereit für dich. Alles, das du von mir willst."

So entgegenkommend. Durch und durch devot. Ein richtiger Engel.

„Oh, ich weiß, dass du tun wirst, was ich verlange, Gwen, aber sag mir, was du willst. Brauchst du jetzt Schlaf? Oder bist du noch neugierig?"

Sie stemmt sich auf ihre Ellbogen. „Noch neugierig."

Ich lächle. „Braves Mädchen. Lass mich dir eine meiner

Lieblingsstellungen zeigen." Ich ziehe mich aus ihr und drehe sie auf ihren Bauch. Anschließend ziehe ich ihre Hüften zur Decke, bis sie auf den Knien landet.

Sie versucht, sich auch auf ihre Hände zu stemmen, aber ich drücke sachte zwischen ihre Schulterblätter. „Brust auf das Bett, Arsch in die Luft, Schatz. Zeig mir, was für ein braves Mädchen du bist."

„Ich bin *dein* braves Mädchen", sagt sie.

Warum bringt mich das verdammt noch mal jedes Mal um? Wie sie mir immer wieder ihre Loyalität schwört? Ich will ihr sagen, dass sie *nicht* mein Mädchen ist. Sie wird mich nach heute Nacht nicht mehr sehen, aber ich bin nicht in der Lage, ihr wehzutun.

Ich entscheide mich für den Kompromiss. „Du bist so ein braves Mädchen." Ich sammle ihre Haare in meiner Hand, sodass ich sie wie zuvor als Leine verwenden kann, und neige ihren Kopf nach oben. „Arsch raus, Hübsche. Bieg diesen Rücken durch, mein kleines Kätzchen."

Sie gehorcht und ich ziehe meine Schwanzspitze durch ihre Säfte. Sie ist noch immer so nass wie eine Quelle. Immer bereit, die Kleine.

Dieses Mal ist es leicht, ihren Eingang zu durchdringen, aber ich mache trotzdem langsam und lausche ihrem Atem, damit ich weiß, ob ich ihr wehtue.

Sie summt bloß sanft.

„Das ist es, Babygirl. Du siehst so hübsch aus, wie du dich mir anbietest."

Indem ich ihre Haare wie die Zügel eines Pferdes halte, reite ich sie. Zuerst langsam, dann mit mehr Kraft, bis ich ihre Haare fallen lasse und stattdessen ihre Hüften packe, um sie für meine Stöße vollkommen ruhig zu halten.

Noch nie hat sich eine Pussy zugleich so eng und einladend angefühlt. Und als mich ihre Muskeln drücken? Verliere ich beinahe die Kontrolle.

Und ich verliere nie die Kontrolle.

Zumindest nicht seit Jahrhunderten.

Ich vögle sie härter und härter, obwohl ich weiß, dass es vermutlich zu viel ist und sie von diesen Stößen wund sein wird. Aber ich will nicht aufhören und sie protestiert nicht. Ganz im Gegenteil. Sie stöhnt und wimmert in diesem hohen, flehenden Tonfall, der mich ganz wild macht.

Und dann ist es zu viel für mich. Ich verliere meinen Kampf mit der Lust, mit der Kontrolle. Mit dem Verlangen. Ich bohre meine Finger in ihr Fleisch und vögle sie so hart, dass sich das Zimmer dreht.

Ich brülle.

Ich komme.

Etwas in mir öffnet sich. Entkorkt sich. Eine Flut an Emotionen ergießt sich aus mir – wirre Emotionen, die sich wie Liebe, Kummer, Trauer und Hingabe anfühlen.

Alles, das ich vor so langer Zeit erlebt habe.

Das letzte Mal, als ich liebte und verlor.

Der Schmerz, der Frau, die ich liebte, beim Sterben zuzusehen und zu wissen, dass ich weiterleben muss.

Verdammt. Ich kann das nicht noch einmal tun.

Gwen

ICH HATTE KEINE AHNUNG, dass sich Sex so gut anfühlen kann. Ich muss die verlorene Zeit definitiv wiedergutmachen.

Dimitri zieht sich aus mir zurück und alles ist perfekt. Oder zumindest denke ich das.

Er steigt aus dem Bett und läuft rasch zum Fenster.

Ich schaue über meine Schulter zu ihm, wobei ich in der Position bleibe, in die er mich gebracht hat. Seine Stirn ist gerunzelt, seine geballten Fäuste ruhen an der Wand.

Einen Augenblick denke ich, dass er sich übergeben wird oder so etwas. Warum ist er weggerannt?

Ich schwinge meine Beine vom Bett und er hält eine Hand hoch.

„Bleib dort, Babygirl. Bleib im Bett." Er blickt noch immer nicht zu mir.

Ich befolge seine Befehle nicht. Ich laufe ihm hinterher. „Was ist passiert? Bist du verletzt?"

„Nein." Seine Brust hebt und senkt sich. Er sieht ihm Mondlicht atemberaubend aus. Ein schlanker Riese mit einem perfekten Profil. Während ich zusehe, wirft er den Kopf nach hinten und stöhnt, als könne er keine Luft kriegen.

„Dimitri?" Ich bin jetzt nah genug, um ihn zu berühren, weshalb ich es tue.

Sein Kopf fliegt zu mir herum.

Ich taumle einen Schritt zurück. Seine Eckzähne sind wirklich lang. Zu lang. „Dimitri, was passiert hier?"

„Komm zu mir, Kleines." Er öffnet die Arme. Ich bin seinem Zauber hilflos ausgesetzt. Er hebt mich halb hoch und drückt mich mühelos an seine Brust.

„Ich wusste, dass das hier ein Fehler war." Er klingt betrübt.

Ich öffne den Mund zu einem stummen Schrei. Erst Chad, jetzt er? Die Zurückweisung tut so sehr weh. „Wolltest du mich nicht?"

„Ich will dich, Gwen. Ich will dich zu sehr."

Sein Kopf bewegt sich so schnell, dass ich der Bewegung nicht ganz folgen kann. Ich verarbeite noch immer die verschwommene Bewegung, als ich einen Stich an meiner

Halsseite spüre. Und dann strömt goldene Flüssigkeit durch mich, warm und köstlich, wie Honig, der in meinen Adern köchelt.

„Dimitri", schreie ich, als der Orgasmus wie eine Riesenwelle über mir bricht und mich hinfort trägt. Ich zapple in seinen Armen und kämpfe praktisch gegen ihn an, aber er packt mich nur fester, während seine Lippen noch auf meine Kehle geheftet sind.

Nach einem Augenblick trägt er mich zum Bett und legt mich darauf ab, ehe er über die Seite meines Halses leckt.

„Hast du mich gerade… gebissen? Was passiert hier?" Ich umfange sein Gesicht und drehe es zu mir. Ich muss es sehen.

Und tatsächlich, dort sind seine Eckzähne, weiß und lang und in Blut getaucht. Mein Blut.

„Du hast keine Angst", sagt er verwundert und die Realität bricht über mich herein.

Ich lasse meine Hände von seinem Gesicht fallen und richte mich auf. „Wirst du mir wehtun?"

„Nein, Kleines. Du wirst dich nicht erinnern."

„Aber ich will mich erinnern."

„Das spielt keine Rolle", sagt er. „Du wirst dich nicht an mich erinnern."

Es würde weniger wehtun, wenn er mir ein Messer ins Herz rammen würde. Ich weiche zurück und lege eine Hand auf meine Brust. „Was?"

„Du darfst das hier nicht wissen. Du darfst nicht wissen, was ich bin. Du darfst mich nicht kennen." Er fährt mit leiser Stimme fort, als würde er mit sich reden: „Das hier kann nicht funktionieren. Das hier soll nicht sein. Ich kann mich nicht noch einmal verlieben."

Ich habe zu lange gelebt. Ich habe geliebt und verloren.

„Du musstest der Frau, die du liebtest, beim Sterben zusehen, weil du weiterlebst", bricht es aus mir heraus, da ich mich verzweifelt an etwas festhalten will. Weil ich an den Fäden dieses Dings, das zwischen uns zerfasert, festhalten will.

Eine tiefe Traurigkeit legt sich auf seine Gesichtszüge. „Ja", gesteht er.

„Wir waren zuvor schon einmal zusammen, oder? Gestern Nacht? Hast du mich das vergessen lassen?"

„Du darfst nicht wissen, was ich bin", wiederholt er, als würde das alles erklären.

„Aber ich erinnerte mich", bleibe ich hartnäckig. „Es hat nicht funktioniert."

„Es tut mir leid."

Er klingt, als würde er sich für das entschuldigen, was er gleich tun wird, nicht dafür, dass es gestern Nacht nicht funktioniert hat. Ich schlucke. „Was wirst du also tun?" Meine Stimme klingt sehr viel ruhiger, als ich mich fühle.

„Nichts Schreckliches. Nur eine kleine Spielerei mit deinen Erinnerungen, damit du vergisst."

„Was ist daran nicht schrecklich?" Ich gehe neben ihm auf die Knie. „Dimitri, ich will mich erinnern. Warum willst du mich wegschicken?"

Er umfängt meinen Hals. Ich neige mich der Berührung entgegen, bis ich realisiere, was er tut. Mit einem Ruck öffnet er das Band, das improvisierte Halsband, das er mir gab.

„Nein!" Ich packe es, bevor er es wegwerfen kann.

„Wir können nicht zusammen sein, Gwen. Du bist ein Mensch und ich bin… ich bin das nicht."

„Du bist ein Vampir."

„Ja."

„Warum können wir nicht zusammen sein?"

„Ich habe es dir schon gesagt. Du bist zu gut. Zu rein. Zu unschuldig. Du gehörst nicht zu jemandem wie mir."

„Das ist meine Entscheidung."

Er schüttelt den Kopf. „Ich… kann nicht. Nicht noch einmal."

„Du willst dich nicht verlieben."

„Dafür könnte es bereits zu spät sein, Kätzchen", sagt er traurig.

Er ragt über mir auf, groß und dunkel und mächtig. Mir war nicht klar, wie mächtig er ist, bis zu diesem Moment.

Ich habe so viele Fragen. Vampire existieren? Er ist ein Vampir? Wie ist das passiert? Wie ist das so?

Aber vor allen Dingen: meint er es ernst? Ist das hier das Ende von uns?

Ich klammere mich an das weiße Band. Er pflückt es aus meinen Fingern und bringt mich zum Schweigen, bevor ich auch nur Widerworte erhebe. Ich entspanne mich, als er es nicht wegschleudert, sondern sorgfältig um mein Handgelenk bindet. „Etwas, das dich an mich erinnern wird." Er berührt meine Lippen. Ich öffne den Mund und necke seine Fingerspitze mit meiner Zunge. Sein Atem stockt, aber er schluckt den Köder nicht.

„Komm. Ich werde dich bis zum Morgen in meinen Armen halten."

Ich frage nicht, was am Morgen passiert. Er wird sicherstellen, dass wir einander nie wieder sehen. Ich schlüpfe zwischen die teuren Laken und schmiege mich sofort an ihn, um mit ihm zu kuscheln. Dimitri ist der beste Kuschler. Er ist auch der beste Dom und beste Liebhaber. Ich habe keine große Erfahrung oder eine Menge Partner gehabt, aber ich weiß trotzdem, dass wir füreinander geschaffen wurden. Dass wir füreinander bestimmt sind.

„Schlaf, Kleines." Er klingt so traurig, dass ich ihn trösten will. Ich rutsche näher zu ihm. Sein kleines Kätzchen, das zum letzten Mal mit ihm kuschelt.

„Vergiss mich", murmelt er und fängt meinen Blick ein.

„Wenn du aufwachst, wirst du dich an das hier nur als einen schönen Traum erinnern. Du hast Club Toxic mit einem Mann verlassen und er hat dich nach Hause gefahren. Den Rest hast du geträumt."

Ich gleite in einen traumähnlichen Zustand.

„Du wirst nie wieder zum Club Toxic zurückkehren."

 *wen*

ICH WACHE AUF, weil mein Handy vibriert. Ich bin zu Hause in meinem Bett. Mein Körper ist entspannt und wund – als hätte ich die ganze Nacht in den Armen eines Fremden getanzt und Muskeln beansprucht, von deren Existenz ich nicht wusste.

Was ist gestern Nacht passiert? Etwas zwickt an der Seite meines Halses. Ich greife nach oben und berühre die Haut, aber sie ist glatt. Da ist kein Blut, keine doppelten Nadelstiche, keine Risse. Warum habe ich das Gefühl, als sollte dort etwas sein?

Ich rolle mich herum und schnappe mir das Handy und halte inne. Um mein Handgelenk ist ein weißes Band gebunden.

Das Handy brummt wütend und verlangt, dass ich es nicht länger ignoriere. Es ist Aurelia.

„Oh, Gott sei Dank", sagt sie, sobald ich drangehe. „Ich bin hier am Durchdrehen."

Ich erinnere mich, dass ich ihr schrieb, dass ich mit jemandem mitgehen würde. Aber… änderte ich meine Meinung? Nein. Ich erinnere mich an sein Gesicht. Oder zumindest daran, wie ich mich bei ihm fühlte.

Gott, warum bin ich so traurig? Es ist, als hätte jemand einen Eispickel in mein Herz gerammt.

Ich will zurück zu dem Traum, den ich hatte. Zu meinem mysteriösen Fremden.

„Es ist okay. Danke, dass du anrufst und nachfragst." Ich versuche, mich zu einem Lächeln zu zwingen.

„Gwen? Geht's dir gut?"

„Ja." Meine Stimme bricht leicht. „Mir geht's gut."

„Du klingst nicht gut." Da ist ein Geräusch, als würde sie sich durch ihr Apartment bewegen. „Was ist passiert?"

„Ähm…"

„Ich bin auf dem Weg", verkündet sie. Ich höre das Klirren von Schlüsseln.

„Nein", sage ich. „Komm nicht her. Mir geht's wirklich gut."

„Erzähl weiter", verlangt sie. „Ich bin nicht überzeugt. Warum weinst du?"

„Ich weine, weil ich glücklich bin", lüge ich. Ich fummle an dem weißen Band an meinem Handgelenk herum.

Sie macht einen Laut wie ein lauter Buzzer bei *Jeopardy*. „Falsch, probier es noch mal."

„Ich weine, weil ich die beste Nacht meines Lebens hatte, zwei Nächte hintereinander. Es war so wundervoll, dass es wie ein Traum wirkt." Die Erinnerungen sind nur verschwommene Eindrücke. Sie entgleiten mir immer wieder, als hätte ich mir nur eingebildet, dass das alles passiert ist.

Aber die Gefühle, die Zuneigung und Ekstase, sie waren echt.

„Er war wundervoll", sage ich. „Er war mein Erster und er war so gut zu mir."

Es entsteht eine lange Pause. „Du warst Jungfrau?" Aurelia klingt schockiert.

Und ich breche zusammen. Ich erzähle ihr alles. Von meiner Verlobung mit Chad und dass er in Wahrheit schwul ist. Dass unsere Beziehung nicht echt war. „Tief in meinem Inneren wusste ich es. Aber ich erlaubte mir nie, zu gehen. Ich dachte, es wäre die wahre Liebe. Ich dachte, wir wären füreinander bestimmt."

„Oh, Gwen", sagt sie. Sie zweifelt meine Worte nicht an. Sie glaubte nicht an die wahre Liebe, aber vor über einem Jahr lernte sie die Liebe ihres Lebens kennen und sie wohnt jetzt mit ihm zusammen. Die Art und Weise, wie sie über ihren Freund Charlie redet, weckt eine tiefe Sehnsucht in mir. Ich will, was sie hat.

„Ich weiß, du hältst mich für lächerlich. Es war nur schon immer mein Traum, den Einen zu finden", erkläre ich.

„Es ist nicht so, dass ich nicht an die wahre Liebe glaube", sagt sie vorsichtig. „Ich glaube nur nicht daran, dass es dort draußen nur eine Person für uns gibt."

„Aber du hast Charlie gefunden. Willst du damit sagen, dass ihr nicht füreinander bestimmt seid?"

„Nein", erwidert sie sanft. „Charlie ist einer in einer Million. Ich kann mir mein Leben ohne ihn nicht vorstellen, obwohl ich zum damaligen Zeitpunkt dagegen angekämpft habe."

Ich schließe die Augen und kämpfe Tränen zurück. „Siehst du?"

„Aber Gwen, du bist auch eine in einer Million."

„Ich fühle mich so verloren."

„Das bist du nicht. Du gehst deinen eigenen Weg. Und wenn es um wahre Liebe geht – ich denke, ich glaube jetzt daran. Aber ich glaube auch, dass es an uns liegt. Das Leben ist das, was wir daraus machen. Wir kreieren unser eigenes Märchen. Unser eigenes Schicksal."

Wir reden noch ein Weilchen und sogar nachdem sie aufgelegt hat, hallen diese Worte durch meine Gedanken und mein Herz.

Ich setze mich auf und schiebe die zerzauste schwarze Masse meiner Haare nach hinten. *Wir kreieren unser eigenes Märchen. Unser eigenes Schicksal.*

Ich weiß, was ich tun muss.

~

DIMITRI

CLUB TOXIC IST der gefährlichste und aufregendste Ort auf der Welt für einen Vampir. Oder zumindest war er das früher. Der Lack ist abgeblättert, aber damit war zu rechnen gewesen. Alle guten Dinge müssen zu einem Ende kommen.

Ich nippe an meinem Drink und bemühe mich, nicht zu gelangweilt auszusehen. Ich versage.

Ich hebe einen Finger und signalisiere, dass ich noch einen Drink möchte.

Mir gegenüber sitzt ein Vampirfreund und genießt ein Glas Wein. Wir kennen einander seit dreihundert Jahren.

„Lange Nacht?", fragte mein Trinkkumpan.

Ich nicke. Er sagt nichts mehr. Er versteht es. Aber in wenigen Minuten wird seine blonde Sub in den Club schlendern. Sie wird an seine Seite treten. Er wird sie zu sich winken und sie wird sich auf den Boden knien. Und dann wird ihre gemeinsame Nacht beginnen und meine wird andauern. Die Stunden fühlen sich wie eine Ewigkeit an, wenn ich allein trinke.

Lucius, mein alter Freund und der Eigentümer des Clubs, kommt, um sich neben mich zu setzen. „Du wirkst unzufrieden."

„Ich war nie gut darin, meine Emotionen zu verbergen, oder?"

„Ich scheine mich daran zu erinnern, dass der Großteil unserer Art zwar die Fähigkeit, zu empfinden, verliert, du dir diesen Teil deiner Menschlichkeit aber irgendwie bewahrt hast. Aber du tust gerne so, als hättest du das nicht."

Meine Oberlippe kräuselt sich aus Selbstekel. „Das bezweifle ich stark."

Lucius betrachtet mich. Anders als ich, ist er schwer zu lesen. Er setzt stets einen glatten, ausdruckslosen Gesichtsausdruck auf wie die meisten Vampire. „Was hat dieses Unwohlsein ausgelöst? Und hat es etwas mit den Anrufen zu tun, die ich in dem Moment erhielt, als die Sonne unterging, über eine junge Sterbliche namens Gwen, die zwei Nächte hintereinander hierherkam?"

Ich versteife mich. „Was ist mit Gwen?", blaffe ich.

Lucius schaut über die Tanzfläche. Ein jugendlich wirkender Vampir marschiert zu uns, den eine bedrohliche Aura umgibt. „Ah. Ich glaube, Charlie wird es uns gleich erzählen."

Charlie. Wer zum Henker ist Charlie?

Es sieht einem Vampir nicht ähnlich, sich von einem anderen aus der Ruhe bringen zu lassen. Zumindest lässt es sich normalerweise niemand anmerken. Lucius bleibt auf seinem Stuhl sitzen, ein elegantes Bein locker über dem anderen verschränkt. Ich hingegen muss den Drang niederkämpfen, auf die Füße zu springen, um dem wütenden

Neuankömmling entgegenzulaufen. Ich will mich vor ihm aufbauen und meine Dominanz zeigen wie ein Alphawolf, anstatt mich wie meine eigene Art zu verhalten.

Diese Emotionen, die Gwen letzte Nacht in mir befreit hat, strömen nach wie vor durch mich. Und sie ist noch immer das Epizentrum des Ganzen. Und der Gedanke, dass dieser Kerl irgendetwas mit Gwen zu tun hatte, fördert etwas Hässliches und Gewalttätiges in mir zu Tage.

„Ist er das?", verlangt Charlie in einem schwachen britischen Akzent zu wissen und hebt das Kinn in meine Richtung.

Meine Finger verkrampfen sich um mein Glas.

Lucius nickt lässig, vollkommen unberührt von der Gewalt, die zwischen uns knistert.

„Wer bist du?", will ich wissen.

„Ich bin ein Freund von Gwen. Und ich bin hier, um dir zu sagen, dass du dich gefälligst von ihr fernhalten sollst."

Die Zeit, so zu tun, als würde mich das Ganze kalt lassen, ist schon längst vorbei. Ich springe auf die Füße und baue mich vor dem Unsterblichen auf, Zeh an Zeh, Brust an Brust. „Und warum genau?"

„Sie gehört nicht hierher. An diesen Ort. Zu deinesgleichen."

Nun. Dagegen kann ich wohl schlecht argumentieren und dennoch tue ich es.

„Deswegen habe ich ihre Erinnerungen gelöscht und ihr gesagt, dass sie nie wieder zurückkehren soll." Ich lasse mir tiefer in die Karten blicken, als ich eigentlich vorhatte.

Charlie entspannt sich leicht und mustert mich. „Sag mir, dass du sie gestern Nacht nicht bezaubert hast, damit sie mit dir mitgeht."

Meine Lippen ziehen sich nach hinten und ich zische, während meine Eckzähne für einen Kampf ausfahren.

Lucius erhebt sich von seinem Stuhl und tritt zwischen uns. „Wie ich dir bereits am Telefon erzählte, Charlie, würde Dimitri deiner Freundin niemals Schaden zufügen. Wenn sie mit ihm gegangen ist, dann lag das daran, dass sie es wollte."

Charlie schaut zu mir. „Stimmt das?"

Ich nicke steif. Aber dann bin ich so dumm, meinen Blick von meinem Gegner abzuwenden, weil sie hereinläuft: eine hübsche junge Frau, die Haltung gerade und stolz. Ihre dunklen Haare sind offen. Es ist Gwen. Ich würde ihre große Märchenprinzessin-Figur überall erkennen.

Charlie dreht sich um, um sie zu mustern. „Ich dachte, du sagtest, du hättest ihr gesagt, dass sie nicht zurückkommen soll."

„Das habe ich gesagt. Das habe ich getan. Mittlerweile zweimal." Ich kann das Staunen nicht aus meiner Stimme raushalten.

Glaubst du an wahre Liebe? An Schicksal?

Ich glaube es, Kätzchen.

Wie könnte sie sonst hier sein? Was hätte sonst meine Löschungen, meine mächtigen Vorschläge, dass sie nicht zurückkehren soll, durchbrechen können? Warum sonst kann sie mich weiterhin erkennen?

Charlie macht einen Schritt auf sie zu, aber ich strecke eine Hand aus, um ihn zu stoppen. „Nicht", sage ich scharf. „Wenn sie mich erkennt, dann soll es so sein."

Ich rechne mit Ärger von dem anderen Vampir, aber er bleibt still und beobachtet mit Lucius, wie sich die Szene entwickelt.

Ich setze mich wieder auf meinen Stuhl, um zu warten. Um meine umwerfende Sterbliche dabei zu beobachten, wie sie durch den Club schlendert.

Sie trägt rot. Ein Kleid, das so kurz ist, dass es dem Club einen kurzen Blick auf ihre nackten Pobacken gewährt, wenn sie läuft. Es juckt mich in den Fingern, ihn zu markieren. Unartiges Kätzchen, läuft hier herum und stellt ihre Vorzüge zur Schau. Sie braucht die Male ihres Masters.

Sie dreht sich im Kreis und lässt ihren Blick durch den Raum schweifen. Vollkommen selbstbewusst. Sie sieht sich einmal um und ihr Blick heftet sich auf mich.

Ich sitze noch immer auf meinem Stuhl. Unfassbar. Sie erinnert sich. Ich bleibe wie zur Salzsäule erstarrt auf meinem Platz sitzen, aber sie stolziert in meine Richtung, die Augen auf mich fixiert.

Heute Nacht ist sie die Jägerin und ich bin die Beute.

Lucius besitzt den Anstand, Charlie einige Schritte zurückzuziehen und mit der Menge zu verschmelzen. Nicht, dass Gwen sie zu bemerken scheint.

Sie stoppt vor meinem Stuhl und schaut auf mich hinab. Ihre Stirn hebt sich, während sie mein Gesicht studiert. Es besteht keinerlei Zweifel: sie erkennt mich.

Kann das sein? Hat sie die Löschung ihrer Erinnerungen durchbrochen? Hat sich das Schicksal eingemischt?

Oder habe ich die Löschung nicht richtig vorgenommen und ihre Erinnerungen absichtlich größtenteils intakt gelassen?

In diesem Moment spielt es keine Rolle. Sie ist hier und mir ist egal wieso oder warum.

Sie legt den Kopf zur Seite und ihre Faust auf ihre Hüfte. „Ich kenne dich." Ihre Augen werden schmal.

Ich richte mich gerade auf und stelle meinen Drink ab. Ich schnippe mit den Fingern und deute auf den Boden zwischen meinen Knien.

Ihre Lippen spitzen sich. Sie blickt zum Boden und wieder zu mir, eine Augenbraue hochgezogen.

Sie wird sich nicht einfach so hinknien. „Hast du mir etwas zu sagen?"

Meine Lippen biegen sich nach oben. „Knie dich hin und ich werde es tun.“

Sie faltet ihre Beine zu meinen Füßen. Ihre Augen schimmern so hell wie Smaragde. Ich beuge mich nach vorne und nehme ihr Gesicht zwischen meine Hände.

„Hast du dich verirrt, Babygirl?“ Mein Daumen streicht über ihre Unterlippe.

„Nein, Sir“, sagt sie eifrig. „Jetzt bin ich es nicht mehr.“

Dem ist nichts mehr hinzuzufügen, außer sie zu küssen. Dann erhebe ich mich und führe sie nach unten zum Andreaskreuz. Heute Nacht wird sie meine Male auf ihrer Haut tragen. Später werde ich sie nach Hause bringen und unsere Beziehung vollziehen. Die erste Nacht von vielen.

Ich hatte mich verirrt und sie hat mich gefunden.

EPILOG

Dämmerung

wen

Es GIBT einen geheimen Eingang zu Disneyland. Er wird von
Männern mit Maschinengewehren bewacht. Neben ihnen
steht eine winzige grauhaarige Dame, die wie Madame
Pottine in *Die Schöne und das Biest* gekleidet ist. Als ich
mich nähere, wobei ich vorsichtig in meinen neuen Schuhen
laufe, winkt sie.

„Willkommen, Prinzessin Gwen", ruft sie.

„Hi", sage ich leicht atemlos. Ich berühre das Diadem auf
meinem Kopf – ein funkelndes, juwelenbesetztes Ding, das
schwerer ist, als ich erwartet habe.

Madame Pottine schließt die Tür auf und lädt mich ein,

hindurchzugehen. „Folgen Sie der Straße zum Schloss. Stoppen Sie, wenn Sie die Straßengabelung erreichen. Ihr Prinz erwartet Sie dort."

Nachdem ich meine Röcke gerafft habe, tue ich, was sie sagt. Meine Schleppe raschelt über den Ziegelsteinweg. Ich komme mir ein bisschen albern vor, weil ich in einem riesigen, babyblauen Ballkleid nach Einbruch der Dunkelheit über einen Disneyweg laufe. Aber wenn ein edles Kleid und Glasschuhe und ein glitzerndes Diadem auf deinem Bett auftauchen zusammen mit einer Nachricht von deinem Vampir-Dom, auf der steht, *Trage mich*, dann gehorchst du.

Es ist ein bisschen überwältigend. Ich denke, die Diamanten auf dem Diadem sind echt. Ich tue allerdings so, als seien sie aus Glas. Ansonsten würde ich hyperventilieren.

Es ist alles nur ein Traum.

Ich erreiche die Straßengabelung und drehe mich langsam im Kreis. Die Nacht ist vollständig hereingebrochen. Das letzte bisschen Licht ist im Westen verblasst. Das einzige Leuchten kommt von den schwachen Lichtern entlang des Pfades und dem Schweinwerfer, der das Schloss anstrahlt.

Eine große Gestalt schält sich aus den Schatten. Es ist Dimitri in einem weißen Anzug. Er trägt verflixt noch mal weiß und ich habe ihn trotzdem nicht gesehen. Verfluchter Vampir.

Er schlendert zu mir und mir stockt der Atem. Er sieht so gut aus. Und wer bin ich, dass ich ihn verdiene?

Ich fasse an mein Diadem. Ich bin Cinderella auf dem Ball; das erweckte Schneewittchen und Dornröschen.

„Hast du dich verirrt, Babygirl?", sagt er mit einem Grinsen und öffnet seine Arme.

„Dimitri." Ich renne zu ihm. Er fängt mich auf und schwingt mich im Kreis. „Das ist alles so wundervoll! Wie hast du das gemacht?"

„Ich habe da so meine Tricks", antwortet er, wobei er selbstgefällig und vampirisch aussieht. Er schenkt Madame Pottine ein Grinsen, die mir anscheinend über den Weg gefolgt ist. Sie winkt und verschwindet wieder.

„Wo sind alle? Ist das hier ein spezielles Event?", frage ich.

„Ich habe den Park gemietet."

Mir fällt die Kinnlade auf den Boden. „Was?", stottere ich, als ich meinen Kiefer wieder unter Kontrolle habe. „Den ganzen Park?"

„Alles für mein Kätzchen." Er bietet mir seinen Arm an.

Ich nehme ihn. „Du meinst, deine Prinzessin", korrigiere ich und werfe den Kopf hochmütig nach hinten.

„Achte auf deine Manieren, Kätzchen", gurrt er. „Sonst werde ich hier und jetzt deinen Hintern entblößen und versohlen. Du weißt, dass ich das tun würde."

Ich erschaudere und meine Pussy zieht sich zusammen. Er würde es definitiv tun.

Eine schicke creme- und goldfarbene Kutsche rollt heran, gezogen von zwei weißen Pferden. Es ist alles ein bisschen irrsinnig. Ich lache leise, als mir Dimitri in die Kutsche hilft.

Dann setzen wir uns auf die Bank und die Pferde trappeln zu dem riesigen Schloss in der Ferne.

Ich streiche mit einem weißen Handschuh über meine Augen.

„Warum weinst du, Kätzchen?"

„Nur ein bisschen." Ich schniefe und lache. „Warum das Ganze? Warum ich?" Ich versuche, tapfer zu sein, aber meine Lippe zittert.

„Bis du kamst, wollte ich nie wieder lieben", murmelt er. „Ich glaubte nicht, dass es den Schmerz wert sein könnte. Aber es spielte keine Rolle, denn du glaubtest für uns beide daran." Dimitri zieht mich auf seinen Schoß.

Ich schlinge meine Arme um seinen Hals und kichere, als er meinen küsst. „Bist du bereit für das Und-sie-lebten-glücklich-bis-ans-Ende-ihrer-Tage?"

„Und darüber hinaus." Und als er das schwarze Samtkästchen öffnet und mir das funkelnde, diamantbesetzte Halsband zeigt, bemühe ich mich, mich überrascht zu geben.

Die Feuerwerke erblühen in dem samtigen Blau um das Schloss. Ich halte meinen Vampir, meinen gut aussehenden Prinzen, in den Armen, während wir uns küssen und in unsere Zukunft reiten.

Am Ende habe ich doch mein eigenes Märchenende kreiert.

IHR VAMPIR PRINZ VON INES JOHNSON

Machen Sie sich für das nächste Buch der Mitternacht Doms
Reihe bereit, *Ihr Vampir Prinz von Ines Johnson.*

Ihr Vampir Prinz

Sie ist meine Beute, aber sie will mich verlassen?
**Auf gar keinen Fall. Sie gehört mir. Und ich werde sie
niemals gehen lassen.**

Cari

Wie schwer ist es, zu sterben?

Fragen Sie mich nicht. Ich versuche es schon seit einem
ganzen Jahr vergeblich.

Mein Vater starb bei einem tödlichen Autounfall, während
ich ohne einen Kratzer davongekommen bin.

Jetzt fordere ich den verdammten Tod jeden Tag heraus.

Vulkanwanderung. Straßenrennen. Fallschirmspringen.

Aber dann will mich der Tod plötzlich holen.

Hadrian

Seit Jahrhunderten wandle ich als untoter Vampir auf Erden.

Keine Wärme, kein Gefühl. Kein Grund zum Leben.

Dann platzt sie in mein Leben.

Eine sterbliche Draufgängerin mit einem unbekümmerten Lachen.

Sie fällt buchstäblich aus dem Himmel und direkt in meine Arme.

Sie wünscht sich den Tod und ich habe einen Hunger, den nur sie stillen kann.

LEE SAVINO: KOSTENLOSE NOVELLE

ol dir ein kostenloses Exemplar von Gezeugt von den Berserkern und Eine Berserker-Geburt, indem du dich für meinen Newsletter anmeldest.

Der dritte Teil von Daegans, Brennas und Samuels Geschichte. Lies den ersten Teil in **Verkauft an die Berserker** und den zweiten in **Gepaart mit den Berserkern**. Diese Novelle ist kostenlos, ein Geschenk.

https://geni.us/BredBerserkersGER

WOLLEN SIE MEHR?

MITTERNACHT DOMS
Alphas Blut
Ihr Vampir Master
Ihr Vampir Prinz
Ihr Vampir Held
Ihr Vampir Schuft
Ihr Vampir Rebell
Ihre Vampir Leidenschaft
Ihre Vampir Versuchung
Ihre Vampir Besessenheit
Ihr Vampir Fürst
Ihr Vampir Verdächtiger
Seine gefangene Sterbliche
Die Gefangene des Vampirs
Vampirbeute

LESEN SIE DIE BAD BOY ALPHA SERIE, DIE DEN
MITTERNACHT DOMS VORAUSGEHT

Bad Boy Alphas

Alphas Versuchung
Alphas Gefahr
Alphas Preis
Alphas Herausforderung
Alphas Besessenheit
Alphas Verlangen
Alphas Krieg
Alphas Aufgabe
Alphas Fluch
Alphas Geheimnis
Alphas Beute
(Alphas Blut)
Alphas Sonne
Alphas Sonne
Alphas Mond
Alphas Schwur
Alphas Rache
Alphas Feuer

BÜCHER VON RENEE ROSE

Chicago Bratwa

Der Direktor

Gefährliches Vorspiel

Der Mittelsmann

Besessen

Der Vollstrecker

Unterwelt von Las Vegas

King of Diamonds: Was in Vegas passiert, bleibt in Vegas, Band 1

Mafia Daddy: Vom Silberlöffel zur Silberschnalle, Band 2

Jack of Spades: Gefangen in der Stadt der Sünden, Band 3

Ace of Hearts: Berühmtheit schützt vor Strafe nicht, Band 4

Joker's Wild: Engel brauchen auch harte Hände (Unterwelt von Las Vegas 5)

His Queen of Clubs: Russische Rache ist süß (Unterwelt von Las Vegas 6)

Dead Man's Hand: Wenn der Tod mit neuen Karten spielt

Wild Card: Süß, aber verrückt

Master Me

Ihr Königlicher Master

Ja, Herr Doktor

Wolf Ranch

ungebärdig - Buch 0 (gratis)

ungezähmt– Buch 1

ungestüm - Buch 2

ungezügelt - Buch 3

unzivilisiert - Buch 4

ungebremst - Buch 5

unbändig - Buch 6

Wolf Ridge High

Alpha Bully - Buch 1

Alpha Knight - Buch 2

Bad Boy Alphas

Alphas Versuchung

Alphas Gefahr

Alphas Preis

Alphas Herausforderung

Alphas Besessenheit

Alphas Verlangen

Alphas Krieg

Alphas Aufgabe

Alphas Fluch

Alphas Geheimnis

Alphas Beute

Alphas Blut

Alphas Sonne

Alphas Mond

Alphas Schwur

Alphas Rache

Die Meister von Zandia

Seine irdische Dienerin

Seine irdische Gefangene

Seine irdische Gefährtin

Seine irdische Rebellin

Seine irdische Frau

ÜBER RENEE ROSE

USA TODAY Bestseller-Autorin RENEE ROSE liebt dominante, verbalerotische Alpha-Helden! Sie hat bereits über eine Million Exemplare ihrer erotischen Liebesromane mit unterschiedlichen Abstufungen verruchter sexueller Vorlieben und Erotik verkauft. Ihre Bücher wurden außerdem in *USA Todays Happily Ever After* und *Popsugar* vorgestellt. 2013 wurde sie von *Eroticon USA* zum nächsten *Top Erotic Author* ernannt und freut sich ebenfalls über die Auszeichnungen Spunky and Sassy's *Favorite Sci-Fi and Anthology Autor*, The Romance Reviews *Best Historical Romance* und Spanking Romance Reviews *Best Sci-fi, Paranormal, Historical, Erotic, Ageplay and Couple Author*. Bereits fünfmal gelang ihr eine Platzierung in der USA-Today-Bestsellerliste mit verschiedenen literarischen Werken.

Besuchen Sie ihren Blog unter www.reneeroseromance.com

EBENFALLS VON LEE SAVINO

Übersinnliche Liebesromane

Verkauft an die Berserker
*Diese wilden Krieger schrecken vor nichts zurück, um ihre
Partnerin zu erobern.*

Alphas Versuchung: Eine Milliardär-Werwolf-Romanze mit
Renee Rose
Date niemals einen Werwolf.

Romantische Science Fiction

Brutale Verbindung mit Tabitha Black
Mein Retter macht mir klar, dass er für meine Befreiung eine
Gegenleistung will ...
... eine Omega.
Mich.

Gefangene von Außerirdischen mit Golden Angel

Er wird mich zu seinem perfekten kleinen Lustobjekt machen

...

Draekons mit Lili Zander (Eine Sci-Fi Dreierbeziehung Romanze)
Draekon Gefährtin
Abgestürztes Raumschiff. Ein Gefangenen-Planet. Zwei große, hünenhafte, bronzefarbene Aliens, die sich in Drachen verwandeln. Und das Beste daran? Die Drachen bestehen darauf, dass ich ihr Kumpel bin.

Zeitgenössische Liebesromane

Königlich Verdorben
Milliardär. Playboy. Prinz. Und mein neuer Boss.

Die Schöne und die Holzfäller
Nach dieser Holzfällersaison gebe ich den Sex auf. Aus... Gründen.

Der Soldat, der mich verführt
Mein heißer Marine-Held will, dass ich ihn Daddy nenne ...

Ihre Daddys – zwei Rivalen
Zwei Väter sind besser als einer.

Cowboy's Babygirl (Eine dunkle Western-Romanze) mit Tristan Rivers
Sie braucht Schutz. Disziplin. Eine feste Hand. Sie hat die richtige Ranch ausgewählt.

Unschuld (Eine dunkle Liebesgeschichte) mit Stasia Black

Ich bin der König der kriminellen Unterwelt. Ich bekomme immer, was ich will.
Und sie ist meine Besessenheit.

Die Gefangene des Biestes (Die Liebe des Biestes) mit Stasia Black
Vor Jahren hat mich Daphnes Vater bestohlen.
Jetzt ist es Zeit für sie, die Schuld ihrer Familie zu begleichen
... mit ihrem Körper

ÜBER LEE SAVINO

Lee Savino ist eine USA Today-Bestsellerautorin von Smexy-Romanzen. Smexy, wie in "smart und sexy". Finden Sie sie in der Goddess Group auf Facebook und laden Sie ein kostenloses Buch unter www.leesavino.com herunter!

Sie finden sie unter:
www.leesavino.com

Sie lieben knurrige Alphas? Dann schau dir die Berserker-Saga an. Beginne mit ***Verkauft an die Berserker.***

9 781636 934907